Em vossa casa feita de cadáveres
Jefferson Dias

cacha
lote

Em vossa casa feita de cadáveres

Jefferson Dias

QUE MESSIEURS LES ASSASSINS COMMENCENT

DOMINGO	11
DEVOLVAMOS A PAZ AO CORAÇÃO MEDROSO	15
A CIDADE ARREBATA-SE	19
HARUSPEX	23
MORTA	31
ANTÍNOO TRIUNFANTE	37
À SOMBRA DAS GUILHOTINAS	41
TAUROBOLIUM	45

LA REPRODUCTION INTERDITE

SCHNAPSIDEE Nº 9	59
A NOITE, AO CRUZAR SUA ÚLTIMA FRONTEIRA	65
FANTASIA	69
PILAR DA PONTE DE TÉDIO	77
MULTIPLICAREI GRANDEMENTE A TUA DOR	83
EM LUZ IRREAL	87
OS MARIACHIS	93
O ÊXTASE DE VALDEMAR	101

Tenho a impressão de que estou cercado de inimigos, e como caminho devagar, noto que os outros têm demasiada pressa em pisar-me os pés e bater-me nos calcanhares. Quanto mais me vejo rodeado mais me isolo e entristeço. Quero recolher-me, afastar-me daqueles estranhos que não compreendo, ouvir o Currupaco, ler, escrever. A multidão é hostil e terrível. Raramente percebo qualquer coisa que se relacione comigo: um rosto bilioso e faminto de trabalhador sem emprego, um cochicho de gente nova que deseja ir para a cama, um choro de criança perdida.

Graciliano Ramos

QUE MESSIEURS LES ASSASSINS COMMENCENT

DOMINGO

E se depois do último ponto final disserem que me falta carne?
Que sou impossível? O que está em jogo? A vida? A superação
da vida! Se assim for, a verossimilhança não é senão o mais
escarnecível dos vezos. Todavia, se o que perseguem é a vida,
eis o homem:

*

Domingo: acorda-se sempre muito tarde, suando profusamente.
Como é que eu vou transpor esse dia maldito? – é a primeira
coisa que me vem à cabeça. Não sei se aguento. Talvez eu possa
permanecer aqui, como um feijãozinho debaixo do lençol amar-
fanhado, casulo inexoravelmente rompido ("inexoravelmente?
Você fala muito difícil, Laerte"), até desaparecer – uma ideia e
tanto, concluo virando-me para o outro lado. Há, contudo, o raio
mortal que se intromete pela nesga. O gosto de revólver quente
e xarope de lágrimas. O bulício das pessoas que atravessa a porta
como um fantasma. Com o dorso da mão se limpa a baba, o corpo
se contorce involuntariamente: é o veneno. O veneno das horas.

O decúbito ventral não refreia o arquejo; antes, amplifica-o.
Esbofa-se de medo. Tanto medo. O desespero dos anos vem
salgado como uma onda, não há vida que não seja vivida à toa
– viro-me novamente cismando. Não há nunca ninguém, há só
essa lâmina solar indiferente cortando, corroendo a carne. O teto
movediço. É preciso levantar. Como é que se sobrevive a um
domingo? – murmuro antes de vomitar.

Durante a semana toda anseio pelo fim dela. Então chega o domingo, pesado como uma lesma, e só o que eu quero é ser autômato segunda a sábado doze treze horas por dia levando as pessoas de um lugar a outro sem tempo sem tempo para pensar. Um filme sem graça na TV de madrugada até a cabeça de pedra despencar no poço do sono. As mulheres ruidosas durante o jantar. Muitos colegas não voltam para casa; mal comem, mal dormem. Fazem vigília incessante. Um chamado no meio da madrugada; precisam da grana, dizem; três filhos etc.; se eu quisesse, trabalharia mais. Gosto de pensar que tenho escolha. Volto a casa. Durmo em casa. As mulheres me torram o saco, penso que deveria ter ficado de plantão; falo para os outros que tenho liberdade. Horário flexível. Engraçado: horário flexível. Só não sei por que diabos eu insisto no domingo. Sempre penso que deveria ter ficado de plantão, arranjava assim um dinheiro e me mandava.

Não sou de muita conversa. Talvez isso soe um tanto eufemístico (vivem dizendo: eu falo muito difícil). A verdade é que falo muito pouco. Passo a maior parte do tempo na rua. Gosto mesmo do contato mudo corpo-a-corpo entre anônimos. Não tenho paciência para conhecer as pessoas; no fim é tudo tão frustrante; gosto mais de imaginar. Os colegas me acham estranho; eu sei; percebe-se já pelo tom de deboche quando me cumprimentam, "tudo bem, doutor?", a ênfase no "doutor". Se há um momento ocioso no dia e nos encontramos no espaço comunal, olham-me de esguelha. Não tomo parte nas atividades pornográficas. Acho a nudez monótona. Uma vez me passaram uma revista e eu recusei. "Laerte, você não gosta da coisa?", eu nada respondi, apenas esbocei riso chocho por detrás do livro. Porque eu prefiro ler. Lord Byron, Mary Wollstonecraft e Percy Shelley confinados por vários dias, sabe? A patroa da minha mãe ia jogar fora um monte de livros, aquelas coleções de capas duras, dá para acreditar? Queria voltar a estudar. E sair daqui. Só sair daqui. Isso sim. Fugir.

Não posso escapar de mim mesmo.

*

O cavalo decapitado corisco risca o espaço cálido sobre ele o jóquei apocalíptico suado sorriso tão meigo contra a apoteose de sucata passa raspando não se atrasa quase se enrasca quase não vira fumaça desvia vai pelo vão e desfaz-se no funil do panorama pasmo. Vai mitológico o ginete agitado quase não para a motocicleta embriagada. Sobe lépido o donzel na anca metálica diz a direção e a parelha parte escapa espoca. Palreiam imparáveis parecem grandes amigos trincham a cortina de petróleo o tropel estrondoso mal e mal se ouvem e se entendem tanto! O escudeiro na garupa ignora os apupos grita achega a boca ao ouvido do outro e cinge-o com o gesto enérgico aponta um atalho e se deixa jazer aconchegado sem querer. Só o cheiro cálido. "Será que chove?". Uma febre fina enfuna o tórax do timoneiro e ele responde ressabiado "acho que não" a coxa rija do outro serpeia sereia e ele não sabe se foge meio enfurecido meio lisonjeado. A cavalgadura ecoa empaca inopinada as carnes se encaixam sem frincha. Busto e costas calmas um bicho uno quente teso um ósculo dentro cangote odoroso fora do tempo.

Laerte estático – extático – percebe o outro parado ao lado; balbucia então, cobra um valor, não sabe quanto, muito barato, tartamudeia, pergunta nome nem vê, não sabe o que faz. Despe o elmo, olha no olho, a cidade derrete. "Meu irmão, qual o seu nome?", ele vozeia – ou o funâmbulo falido telepata apenas pensa? É só um menino, Laerte percebe. São dois meninos só. Tão perdidos. Ele se acerca de Laerte, estende a mão, dá o dinheiro; Laerte se empertiga, sorri envaidecido, enraivecido, descoberto. O só menino se adianta e o beija na boca.

Mas vejam, ali, se não é o Carlão, bem o Carlão; poderia ser qualquer um, mas não, o Carlão; será que viu o beijo? Dos colegas de Laerte, ele era o mais boçal, o mais bronco, o mais bestial, o mais homem. Carlão passa moroso montado na motocicleta capenga, quase cai ao ver o Laerte, viado, bicha do caralho, ele tinha certeza, sempre teve, moleque esquisito, vai ver só o que é bom para tosse.

*

Um corpo, tão bonito, o que é que tem dentro? O corpo é o homem? Quando Laerte deu as caras, Carlão já tinha contado aos outros: bichinha desvairada, curte encoxada, só leva homem. Nem o deixaram entrar, meteram-lhe as garras, vergaram-lhe os braços, cuspiram-lhe a cara. E socaram, socaram o estômago, as costelas, o nariz. Laerte – alento de sangue e agulha. Laerte – queria dizer, mas não sabia o quê. E porrada, mais porrada. Na cabeça, nos olhos, nos bagos. Nos bagos. Laerte – estrela de merda e dor. Tanta dor. Não se aguentou. Eram cinco, dez, uma dúzia. Mil mãos de Tifão. E seus pés infatigáveis. Laerte não se aguentou. E riram-se, como se riram! "Segura esse cu, arrombado do caralho", e se riram com estrépito, com gosto, com ódio. Jogaram-no na calçada. E chutaram, chutaram tudo que havia para chutar. Quem era o Laerte agora? Havia ainda? Laerte era só uma negrura infinita? Laerte não era. Só o que havia era a calçada entulhada de massa cárnea – e um nome mais oco que nunca. E pisotearam, pisotearam como se pisoteia um espelho. Sangueira só. Os olhos, tão bonitos, rebentaram como jabuticabas sob os pés de Carlão. "Esse tipo de safadeza não pode na rua; na rua não pode", disse ele, arvorado em herói; despiu depois a camisa e cobriu o corpo estirado na calçada, mortalha para o Laerte, que o quinhão funesto o agarrou, o da morte dolorosa, que os peixes o comeram em terra firme; que ninguém se indigne, porque sem pano ele não jazeu; de todo modo, nem pai nem esposa o poderiam chorar ou amortalhar.

Laerte, tão bonito, será que seu corpo encerra sonho? O homem é o nome? O que houve entre o eco e o oco?

DEVOLVAMOS A PAZ AO CORAÇÃO MEDROSO

O papagaio repetia: eu não sou piedoso. Eu não sou piedoso. Emporcalhava a lavanderia empoleirado no varal. Grunhia, gritava feito loba. Eu entrava, saía, miolos espocando, lâmina por detrás dos olhos, a penumbra doía fundo, o arrebol empanado entontecendo, refletindo no chão abrasado a tua última agonia, eu babava, queria rosnar, queria ranger os dentes, mas só parava ante a parede prática e impudica. Ia de cá para lá, de lá para cá, mais trágico que Mickey Mouse.

Não sei se foi ontem ou se foi hoje, talvez tenha sido na semana passada – de todo modo o papagaio agora jaz silente, informe, mancha seca no carpete –, eu te liguei, quanto tempo fazia? Eu durmo no colchão ainda. O apartamento cheio da tua presença movediça. Contei aquele sonho, lembra? Eram as minhas mãos, minhas, crua carne, pólvora carmesim. O papagaio lia Dostoiévski em voz alta, infeliz, bicho dos infernos, eu te liguei, sempre caindo de sono e exausto de fadiga, fui fumar um cigarro na lavanderia, abri a porta, venci com dificuldade o monturo de bosta, o diabo fugira? Enchi o pulmão de fumaças. Divisava as luzes líquidas dos automóveis, quase corpos celestes, pensava em te ligar, aí as asas voejaram sobre minha cabeça, e se abateram sobre meu peito como cascos de ferro, monstro das profundezas, bracejei, xinguei, ele se desviou, subiu e arremeteu de novo contra mim, visava meus olhos, maldição, acertei tapona, estatelei o pterodátilo, peguei da vassoura e esperei – animal estúpido. Veio de novo, verde satânico, senti-me Laio justiçado, ninguém senão eu poderia prostrar o psitacídeo! Rebati-o como no beisebol, depois o espezinhei, e ele repetia: eu não sou piedoso, eu não sou piedoso. Ainda o ouço. O bico duro do meio do lamaçal de merda e sangue grita: eu não sou piedoso.

Eu te liguei, tua voz não veio, e eu te contei o sonho: eu via de longe, mas as mãos eram minhas, a frialdade do metal tiritava na carne minha, carmesim, a luz magenta macerava os tímpanos, o zumbido nojento explodia as córneas, minha mãe já ajoelhava, meu pai me olhava por detrás do embrião das lágrimas, tua irmã praguejava, as meninas corriam ainda, teu tio dormitava pré-histórico na cadeira de praia, as mãos carmins, carne sim, minha, minhas falanges febris, tua mãe repetia com voz de fuligem: eu te avisei, eu te avisei, teu pai, recém-alfabetizado, repetia: falácia, falácia, e a frialdade fálica tartamudeava na falangeta, meu deus meu deus meu, minha avó choramingava, a voz pastosa, que nojo, eu vomitava, jarros de jorros, o cano palpitava, eu hesitava, tua voz não vinha, o metal me queimava o tato, eu era o fantasma dos meus instintos e lancei no ar o primeiro raio: eu era deus. A menininha tombou, acudiram. Teu primo correu e eu disparei. Maldito. Caiu feito saco de cocô. Minha avó chorava a plenos pulmões – acertei-a no peito, um, dois, três, quatro, e ela não se calava. O quinto tiro foi na fronte. Tua mão não vinha, tua mãe caiu, teu pai, eu não sou piedoso, eu nunca poderei ser piedoso, meus olhos retiniam e tingiam-se de verde, minha mãe me olhou feito a virgem de vidro, meu lobo frontal detonou, fogo de artifício em preto e branco, tua voz não vinha, porra, os corpos iam despencando, meteóricos, lodaçal de sangue e vísceras – o som da carne conciliava o inconciliável. Braços, pernas, raios, tripas, sol, sangue sobre terra. Quando houve o império do silêncio, ouvi tua voz e me aproximei da matéria coagulada: teus olhos verdes gritavam em despedida.

Eu me sento na área limpa onde ficava o sofá só – em derredor, os dentes da memória rangem, monturo de fuligem – e descubro que sou um anjo, como na música, lembra? Os passos ecoam no paço de sujidade cada vez mais afásicos, dissonância irisada, eu quero gritar e só babo. Eu te liguei. Queria só dizer que eu não sei se alimentei o papagaio. No trabalho vai tudo bem. Talvez eu seja promovido. Mas o apartamento se deforma como uma cara de puta extática, como uma veia infusa em heroína, sei lá. Eu ainda ando. Eu ando. O papagaio canta: ela já não é a minha pequena, que pena. Por vezes diz: deus se suicidou com uma navalha espanhola. Gosto do bicho. Tem senso de humor. Quanto tempo faz? Eu te liguei, percebes? Viste? Mas tua voz não vinha. Como vai a tua mãe, o teu pai?

A CIDADE ARREBATA-SE

Ela implorava de cócoras, cosida ao ângulo; engrolava babando – inundada desfiguração ante as mãos triangulares –, o pescoço como um pau, os olhos engastando-se nele, que se aproximava a passos duros de aparição, cravando-se como um crucifixo, no semblante impassível dele, no tórax desumano demasiado ereto, na lâmina levantada.

Todo mundo já comentava: uma perna fora encontrada sob um pontilhão na zona sul, depois outra, em um parque perto dali; um braço na Faculdade de Direito, outro em uma chácara da zona leste; a comoção maior, todavia, deu-se quando encontraram um coração sobre um banco na Praça XV; cada parte pertencia a um corpo diferente e nenhum dos cinco corpos fora encontrado; o telejornal vespertino noticiara: a polícia tentava ligar os pontos à medida que desaparecimentos eram comunicados.

Ela desconfiara, sobretudo quando chegou pelo correio o obscuro presente, um iatagã acompanhado dos seguintes versos:

E os astros quebram-se em luz sobre
as casas, a cidade arrebata-se,
os bichos erguem seus olhos dementes,
arde a madeira – para que tudo cante
pelo teu poder fechado.

A funesta epifania dava-lhe náuseas: na mão dele, um iatagã, idêntico ao que recebera, refulgia, espelho da lua, ante seus olhos quase cegos, quase clarividentes; a folha afiadíssima sussurrava – corpo eloquente da morte. As lágrimas constelavam o carpete obscuramente; o terror ondulava os seios translúcidos sob o robe; o arquejo compassava a dança das cortinas – lúbrica trenodia.

Ele se ajoelhou, passou-lhe a mão pela nuca quente; as frontes se encontraram; ao mesmo tempo em que a beijava, introduzia-lhe nas entranhas o punhal recurvo. A compleição de alabastro tornou-se tremor, adejo de beija-flor. A torrente rubra esquentou o tato; o iatagã abandonou a bainha de carne; ele a estreitou como um pai, sentiu-lhe o último fôlego, o último fogo. Nenhum grito. Rasgou o contorno da garganta; separou a cabeça do corpo e elevou-a pelos cabelos adormecidos. Faltava pouco.

Não se deu ao incômodo de limpar a bagunça. Não se importou com o fato de ter sido visto entrando no prédio, de ter sido filmado pelas câmeras de segurança; não se preocupou em esquartejar o cadáver, como fizera com as outras cinco vítimas, e, por conseguinte, nem em dispor engenhosamente as partes dentro em uma mala; não teve de se apoquentar com peso ao vencer as escadas, nem em desovar o presunto no chiqueiro, para que os porcos famélicos operassem seu abracadabra; apenas acomodou a decapitação dentro da mochila e saiu faceiro.

Ele a conhecera há um ano. Logo engataram namoro arrebatado. Era a primeira mulher com quem se relacionava naquela cidade. Ingente e voraz cidade. A megafábrica onde trabalhava lhe devorava o tempo; instalavam redes de proteção para evitar os suicidas – todavia homens e mulheres perseveravam na busca pela única saída. Volta e meia corpos se espatifavam na calçada sob a sombra do imponente prédio, sede da empresa. Ele não se impressionava. Não que não se sentisse oprimido. Mas julgava inadequado aquele tipo de atitude. Quando, doente, não mais suportou a jornada de doze ou mais horas, simplesmente parou de ir trabalhar. Então o amor o visitou – e ele soube exatamente o que fazer:

*Mais inocente que as árvores, mais vasta
que a pedra e a morte,*

a carne cresce em seu espírito cego e abstracto,
tinge a aurora pobre,
insiste de violência a imobilidade aquática.

Ele adentrou a noite.O sangue decapitado já emprestava tintas bandeirosas à mochila quando, no bar, pediu uma cerveja. Os operários bêbados olhavam-no sem entender. Pediu outra, tomou, pagou. Ia saindo e voltou: apontou a meia garrafa de conhaque na prateleira defronte; pagou, saiu – adentrou a noite. O embornal macabro pingava. Ele entornava a ampola, engolia o fogo. Os passos perdidos passavam tripas, metal, unhas plúmbeas, coisas cruas, comedores de lixo, estupradores de sarjeta, carcaças engravatadas, putas hieráticas, lâmpadas enluaradas, cachorros nobiliários. Ingente cidade que tudo digeria. Dentro da noite, os excrementos. Ele anelava por vingança. Mas o amor o visitou – o amor que encontra guarida no crânio do bicho, que revolve corpos, que resiste a nome, o amor cuja fome é circular, cujo único meio é a hecatombe, cujo fim é a pedra. O amor operou transfiguração, ou, antes, apenas revelou a ossatura das coisas: a vingança não suporta significado (ah, vaidade terrível que morde o próprio rabo). Se soubéssemos da identidade das vítimas suporíamos, com efeito, que os seis assassínios por ele perpetrados foram motivados pela mais comezinha vingança: as cinco primeiras trabalhavam com ele na megafábrica; a secretária que se achava parte do clubinho dos figurões e que lhe dera um fora era dona da primeira perna; do porteiro que, sabe-se lá por quê, virava e mexia, encasquetava com o seu acesso às instalações, como se não o visse todos os dias, veio a segunda perna; aos seus dois únicos amigos, peões como ele, pertenciam os dois braços; o gerente do setor forneceu o coração; e, por último, a sexta vítima, sua namorada, como vimos, perdera a cabeça. Se o houvessem capturado, se tudo fosse desvendado, quem visse o telejornal da hora do almoço poderia conjeturar que o monstro se sentira menoscabado, que em um assomo de indignação e fúria havia se insurgido contra a sociedade que o oprimia, que oprimia a todos, contra os ideais burgueses etc.; entrementes estava em jogo nada além do amor – o amor mostrou-lhe que tudo ia dar em um mesmo lugar, que só com a morte cravejaria uma estrela truculenta na imobilidade aquática da vida.

O amor mostrou-lhe a altíssima resignação e o sacrossanto absurdo; o vácuo e a sensaboria, o desejo e o deslumbre inerentes a todas as coisas. O amor, esse siamês da morte, revelou-lhe que tudo não passa de palavra e carne, e ensinou-lhe o alardeio, a pilhéria: por que diabos a megalópole deveria ser arrasada? Ela, espécie de deus onipresente, deveria suplantar o homem, isto sim! Mas, para tanto, para vencer corpos, deveria, ela mesma, possuir corpo. Donde ele resolvera dar-lhe um – palavra e carne.

Caso a polícia tivesse dado resposta plausível a essa esfinge cruenta, talvez soubéssemos de seu método: o assassino, a cada uma das vítimas, enviava um excerto de um poema; em seguida, assombrava-lhes as moradas e as aniquilava; dispunha cada desmembramento em um local apropriado da cidade, de modo a articulá-la, a fazê-la pulsar. Quando deixou a cabeça – a cabeça cuja boca beijara muitas vezes – no cemitério da Saudade, percebeu: o poema se perfizera, um poema que prescindia da palavra, que fundava uma nova escrita. Quis assinar a obra – mas não era possível. Havia o impasse: o poeta assassinado era o poeta assassino.

– Para consagração da noite erguerei um violino,
beijarei tuas mãos fecundas, e à madrugada
darei minha voz confundida com a tua.

Retornou a casa, banhou-se, comeu à farta; dirigiu-se ao chiqueiro, enfiou o iatagã no próprio peito; os porcos fariam desaparecer mais um corpo inútil.

HARUSPEX

Deita-se em uma cama. O escuro é ascético, mas vulgar. O cômodo úmido recende: bolor, gordura, latrina. O peso todo contra os pulmões: dor e medo, vidro e degredo. Deita-se, ofega-se. A despeito de todos, o isolamento é um imperativo. Ruído indistinto no pavimento superior. Amanhã. A substância dos dias: costume e covardia. Um rolo compressor. Nada de especial. Deita-se e espera-se tanto – um feriado, um ansiolítico mais potente, o dia em que esse nó na goela se desatará. Que bela merda. Deita-se; é preciso dormir. Amanhã. O autômato cafeinado. Rola-se pela cama. Uma cama normal. Um autêntico quarto humano, um pouco pequeno demais. Uma dose talvez, um livro. A TV. Liga-se a TV, que cospe fantasmas azulados, vozes afogadas contra a parede, o cimento das retinas. Dorme-se afinal. Um sono irrequieto, como um estrangulamento suave – uma banheira, água morna e lâmina. Acorda-se, o olhar puro, a boca sem nenhum nojo. Caminha-se como um dançarino. Sanguínea sede.

*

Estava farto de sua sabedoria, procurava mãos que se estendessem. Chamavam-no Detetive. O que sabiam do seu passado se epitomava no epíteto. Quando objetavam o voluntarismo (romantizado, muitos achavam), ele respondia: sentia-se muito melhor na rua, sentia-se livre enfim, de verdade, dormia muito melhor; havia, com efeito, o frio, a fome – mas nisso se dava um jeito, não? Medo? A desesperança era um refrigério. Ser queimado vivo na escadaria da igreja como um círio rivalizando com as estrelas? Que espetáculo! Não temia. Todos dejetos, sem exceção. Mas não esmolava. Não se achava inferior. Cidade víscera podre fumarenta. Sujeito alto, altivo. Não se continha, não se acanhava. Rabo-de--cavalo gris. O passo leve, aristocrático. A voz rouca, irrompendo de uma ilha funda, eletrocutava os espaços, troava. A fala difícil, segura. Os olhos muito claros, arrogantes, espremidos. Adentrava o lugar como dissesse: somos irmãos, a mesma merda. Escalava as escadas rolantes, pegava fila, comprava o lanche, pedia para viagem, escolhia uma mesa – as crianças na praça de alimentação, feias, gorduchas, todas iguais –, sentava-se e comia moroso. Não o notavam. Indiferença fraternal. Recolhia os restos dos outros, porções inteiras de arroz, *nuggets*, batata frita, sortimento de comida japonesa, tudo dentro do saco de papel pardo. Depois usava o *toilette* – a paga pelo dia duro.

Boa menina, ele disse, merece um lanche feliz, e apanhou o maço de cigarros quase inteiro que ela lhe estendia, o bracinho franzino, maculado. Leda abraçou-o, o urso encanecido. Ele alisou-lhe as melenas sebentas, o pescoço, apertou a cabecinha contra si, cravou firme as garras na nuca. O mais próximo que já chegara de uma relação filial.

Leda vivia com a mãe. Empurrava o carrinho de supermercado atulhado de sucata como empurrasse um de boneca – não raro levava outras crianças, revezava com elas, ladeira abaixo, ignorando os carros. Extraviava-se, dançarina sob o sol de alcatrão. Esquecia a fome, os piolhos e sorria. As mãos encardidas, espessadas, paradoxais, transplantadas de um adulto. Ela e a mãe dormiam nas imediações da igreja. Não perdiam a sopa, mas dispensavam o albergue.

Engraçado, Leda pensou, o Detetive só fumava os cigarros que ele mesmo enrolava. Entregou o pacote só porque ele poderia dar-lhe um fim adequado.

A paisagem noturna se desenovelava – o céu puro, elevado, sem teias de aranha. Os hotéis baratos se multiplicando às margens do rio que rasgava a cidade em duas, escadarias macabras que levavam aos quartos, sacadas habitadas por fantasmas negros vestindo apenas calcinha puída; da rua se via ainda um pedaço de parede, quadros enigmáticos pendurados sob a luz amarelada. Os travestis nas esquinas, tetas aberrantes e cacetes flácidos, perna ensacada na meia arrastão sete oitavos, perna áspera, buço ríspido, exaustão e tédio desabridos, as putas se masturbando secamente, as caminhonetes parando, o pessoal com as carroças e sacos trabalhando, apanhando os restos, plástico e alumínio, tudo rebrilhando melancolicamente, fervilhando, a cidade de verdade. As putas tinham histórias ótimas, muita vez o Detetive lhes pagava um drinque, só queria ouvi-las, sobretudo a Joyce, mãe de dois filhos, faculdade e tudo, câncer etc.; mas os catadores eram as melhores pessoas, sempre agradecendo por tudo, pelo carro que parava deixando-os cruzar a via, pelo tempo ameno, sorrindo, um sorriso pesado, inexplicável, queimando veloz, queimando. A cidade de verdade, viva – viva-morta, apodrecendo a olhos vistos.

Detetive. O nome era Detetive. O que era preciso? Anonimato ou nomeação? O que era preciso para ser o Detetive? Uma argúcia como um crânio aberto, como uma alta mesa para altos dados? Uma tendência à audácia, à prodigalidade – à indolência? Uma perspicácia dando continuidade ao que é descontínuo? Informantes, com efeito. E imiscuir-se. Talvez aquela sobranceria atávica. Uma sobrevalorização da personalidade, como não houvesse nada nem ninguém, como a visão própria fosse a de um demiurgo, reveladora suprema e mesmo criadora? Como o destino de todos dependesse de si. Uma sensibilidade que ajunta um dedo escoriado de mendigo e um anel desaparecido de viúva, um espectro lunar e um uivo plúmbeo, um cadáver azul como uma laranja e um punhal ósseo, um batismo abissal e uma cabeça atmosférica? Uma vontade de torcer os signos e despenhá-los em uma narrativa refulgente, com efeito. Juntar tudo em uma narrativa clara. Mas misturar-se, ocultar o talento, dar sempre azo à bonacheirice. Era isso? Ser O detetive?

O anel da mãe da Leda foi recuperado. Bem como os tênis novos do Profeta. Encontrados o dinheiro e depois o corpo do senhor Cabral, e também o seu assassino. O Detetive erigia um nome – uma reputação.

Um nome rebrilhando em meio a cães sarnentos, devoradores de lixo, cais sanguinolentos, estrelas extraviadas, adoradores de lítio, esfomeados de neon, sacerdotes cocainômanos, aliciadores iluminados, prostituídos exangues, sarjetas estelares, bocas frias como gelo, amnésias especulares, noites quentes como pupilas, iluminações abissais, ritmos miseráveis, solidões divinas, alfabetos esquecidos, suicídios abertos como marmitas, juventudes azedas, intercursos suaves como petróleo, escravidões arbitrárias, lactações mefíticas – um nome.

O que era um anel sem um dedo? Um indício de ausência consubstanciado no costume (na maioria das vezes). Poderia ser cifra loquaz. Mas e um anel metido em um dedo prescindindo de toda vizinhança cárnea? Um dedo apenas, desgarrado, um portento, como nunca existira uma mão. Muito mais uma amputação que um dedo. Irretocável amputação. O único problema era ter desaparecido a dona do dedo, ou seja, a mãe da Leda. A mutilação fora encontrada – não era o suficiente? Não. Coincidentemente, respirava nas imediações o sujeito conhecido por Detetive (com maiúscula, inclusive).

O anel – era da mãe da Leda, indubitavelmente. Mas e o seu sustentáculo? O Detetive garantia. Era o dedo dela. Mas ele não sabia de mais nada? Saberia em breve, respondia. Inquiriam: não ia atrás? Não procuraria? Tinha ideia de quem seria o raptor? E o detetive dava de ombros, franzia o cenho – estranhavam –, respondia meio incólume demais: suspeitava e não diria nada por ora.

Estranhavam. Os catadores falavam e falavam. As prostitutas já acusavam: o Detetive fazia corpo mole. Leda passava os dias chorosa, resmungando deitadinha no mesmo banco, encasulada na camisona, catarro pela cara toda, os passantes se apiedavam apressados, o pároco perguntava, fazia calor, o dono da banca de jornal oferecia água, um pouco da marmita, Leda não queria, não falava, só chorava, resmungava, engolia meleca, limpava as lágrimas com as mãos sujas. O Detetive via de longe. Estranhavam: ele e a menina eram tão ajuntados e agora isso, essa lonjura calculista? Foi Joyce quem cutucou na carne, no osso: não ia caçar a mãe da moleca, não? E o Detetive: ia, já estava no encalço; e mesmo se melindrou, quase: parece que desconfiavam; as coisas não eram assim elementares; por que razão ele não se empenharia?

Concrete jungle. Garoa e quentura. Aurora castanha. Multidão fluindo pela praça da igreja. A vida desfizera a tantos – breves e entrecortados suspiros. A vida.

O Detetive se achegou à menina, limpou-lhe com um lenço o ranho da face, a terra. Disse-lhe: hoje acho sua mãe. E saiu sobranceiro, a turba tão trivial tragando-o. Corte.

O lado escuro da via. Alguém poderia ter dito ou feito algo que o impelisse a ficar? E dizer é fazer? A rua – esse ascetismo vazio e sensual era a única saída. Era? Havia única saída? A rua, um estrangulamento suave: uma banheira, água morna e lâmina.

O lado escuro da via. O quarteirão dos craqueiros. O prédio abandonado. O Detetive descendo a ladeira, levantando a gola da camisa contra a aragem inopinada, bulindo nas entranhas da noite. A lua apagada engolindo tudo. A soledade sorrindo, sexta-feira *bacon* cerveja bruma gordurenta. Os passos ecoando pelo tempo afora. O portão portinhola ventando, batendo bambeando. A construtora falira, a edificação esquelética capengava heroicamente – era um teto afinal.

Ninguém entrando, ninguém saindo. O Detetive chegara. Saudou um, saudou dois, que lhe responderam com naturalidade, e desceu ao subterrâneo. Não hesitou, pois sabia. Tinha certeza – efeito, claro, da investigação detida desvelada. Era uma intuição: como tudo estivesse ali ante ele. Sim, sim; o chão respingado, carmesim, sangue seco. Era necessária a lanterna naquele esboço de escada escura – que baita metáfora. Era necessário o olvido naquele ponto. Era preciso esquecer que o homem é um cadáver ambulante conversando com cadáveres. Era imprescindível crer na personalidade, no talento individual, no quanto ele, O Detetive, O, destacava-se daquele povaréu estúpido. Era fundamental ignorar o fato de que ele era tão dispensável quanto qualquer um, de que o tropeção era iminente. Não poderia haver gênio se a hecatombe era um imperativo. Porra! Todavia ele era um prodígio. Ele era, porra! Era O prodígio, sim. Morador da rua.

A lanterna falhara. Tinha que falhar. Tremeluzia. O descenso quase completo: era possível ouvir já algum arquejo, algum cicio.

*

Porcaria de lanterna. Eu nunca fui nada senão um desajustado. As porras das pilhas custam o olho da cara. Nada além de um pária, um merda. Nunca fiz nada. Ninguém nunca se lembrou de mim, do meu nome. Vestir a camisa? Há coisa mais estúpida? Jamais me convidaram para nada, porque eu era o cara prescindível, a sombra no canto, só o menino esquisitão lá no fundo. Eu era. Agora eu tenho um nome, uma obra espraiada no tempo; as pessoas se lembrarão de mim: o Detetive. Agora eu tenho um nome. O que não quer dizer que eu tenha me tornado um inseto. Essas coisas sempre funcionam com pancadas, eu só. Jamais aderi a causa alguma. Só mais um pouquinho, bosta, eu só preciso. Nunca dei o sangue por nada. Por que motivo? Sou o lixo humano. Um inseto, um ressentido. Não, nunca me ressenti. Sempre dissimulei a minha inépcia – a minha suposta improficuidade absoluta – com essa historinha: sou um desajustado. É engraçado: a gente fala uma coisa e ela acontece. Jamais quis ser mau. Primeiro eu dizia: você é melhor que todos eles. Depois percebi que isso não passava de uma vaidade escarnecível e então me dei conta: sou o pior de todos: o marginal, o herege, o maldito. Eu só preciso. Mas a verdade é. Não quero tropeçar nessa escada. A verdade é que eu nunca quis nada. Se quis, não contei ter de me empenhar. Isso, porra! Só mais um pouquinho! A pilha. Só mais um pouco. Tudo o que tive logrei-o sem esforço. Corpo mole, mão beijada. A verdade? A verdade é que nunca quis entrar no jogo, ou era incapaz demais para tanto. Quem saberá? Ah, o mistério absoluto. Que grande piada de mau gosto, a vida. Mas nunca me senti inferior. Se disser uma coisa dessas, não estaria encobrindo, como de costume, a minha absoluta falta de aptidão, a minha imbecilidade? Nunca fui bom em nada. E me achava melhor que todo o mundo. Talvez fosse encabulado demais. O filhinho da mamãe. A rua me inventou. A rua me pariu. Sempre quis ser um gênio. É já possível ouvir algum arquejo, algum cicio. E ver: alguma forma sinuosa. Há esse certame. Nunca entendi. Ridicularia. Como um sujeito imprestável, malogrado como eu, pôde ter uma vida comezinha, bem burguesa, com emprego estável, esposa, residência comprovada, gato, cachorro, automóvel? Ora! Residência, automóvel etc. – não é isto coisa de gente arruinada? Já a vejo. Ali está. A lanterna ainda falha. Costume e covardia. E por que um sujeito como eu, um inútil, desiste de tudo? Não deveria eu me contentar com o – gostam tanto dessa palavrinha – sucesso? Eu poderia dizer: eu assim o fiz porque queria patentear a insignificância dessa coisa toda. Entretanto não o quis. Agora eu tenho um nome. Não se trata de jactância. Pouco usual, essa palavra. Não se trata de arrogância, de altivez. Sempre quis ser canhestro. Estro. Altivez, soberba. Não quero me gabar. Agora eu tenho um nome e pronto. Jamais quis ser bom. Ali está ela, a mãe da Leda. E o raptor, de costas, impassível. Sempre soube da minha presença. Esse lume despudorado jamais faria a menor diferença. Sempre? Sempre. Jamais. Que estupidez sem tamanho! Palavras, palavras; bestice. Parvoíce. Último degrau. Ali estão. A lanterna tinha que falar. Falhar. Tinha que falhar. Meu lugar é a rua. Meu. Sem dúvida. O olhar lançado por cima do ombro: o raptor sorri. Eu sorrio. A mãe da Leda gritando com a boca tolhida. O facho bruxuleia. O raptor se apresenta inteiro: desembaraçadamente um espelho fundo. Meus olhos. Estou eu e meus olhos. Eu e essa arquitetura toda que eu sustento com palavras apenas. Apenas? Doidice. O pavor, o pavor! Eu e eu. Estou eu e a mãe da Leda e eu pergunto a ela, jocoso, quase sarcástico: vamos embora? E a esfaqueio.

MORTA

Morta. Com certeza. Matei, matei mesmo.
Mas como seria possível? As perninhas espasmódicas.
Bicho asqueroso. Ou não matei? Ainda se mexe. A desgraçada
se contorce. Não morre. Já ouvi dizer. Sobrevivem sem a cabeça.
Não suportam a solidão. Já ouvi dizer. Quem suporta?
Será que se eu sair e – elas devem morrer de solidão, a gente se
ausenta um pouco e quando volta estão esturricadas. Não adianta
chinelada. Tampouco inseticida. O que mata é a solidão, decerto.
De todo modo foi uma puta pancada. O tórax se rompeu, a
gosma perolada emporcalhou o piso. O cadáver irremovível. Aposto:
essa porra vai se fossilizar aqui. Todo mundo morre de ojeriza. Ainda
mais sendo baita assim. Credo. A Cida vai fazer vista grossa, depois,
na semana que vem, quando afinal purgar a porcaria, vai fazer algum
comentário petulante sobre eu não ter limpado isso antes etc.; velha
atrevida; é nisso que dá manter uma empregada por durante tanto
tempo, pagando corretamente tudo o que se deve.
O corpo brilhante, untuoso talvez, trigueiro, curvilíneo. A
coreografia insinuante, quase convidativa. O paroxismo hemor-
rágico – orgástico, diriam. Que nojo.
(Foi uma bordoada e tanto, e a filha de uma puta ainda
pedala a cerdosa bicicleta invisível. Como? A couraça acastanhada
rompida, a meleca escorrendo.)
Bem. Aí eu me olho no espelho. Como é que se pode enunciar
uma coisa dessas? Eu me olho e penso: não sou eu um tipo de
morto-vivo? O que é que eu faço? Se perguntarem aos vizinhos,
dirão: é um bom sujeito, honesto, trabalhador, pai de família,
muito decente, circunspecto, essas coisas todas etc.; mas o que

é que eu fiz? O que é que se pode fazer? Bom sujeito. Sujeito.
Criei meus filhos. Criei.
Mas por quê? Bagatela.

*

Seu Olavo deu um duro, gostava de dizer: tinha dado um duro.
Casarão no centro da cidade. Criou os filhos: faculdade fora;
doutores, barões, coronéis; bem-sucedidos hoje: barcaças último
tipo; Disney nas férias.

O sedan – cinza, importado, automático, já antiquado, mas ao
qual Seu Olavo dedicava apreço superlativo e por isso, apenas
por isso, não adquiria um modelo mais novo – enguiçara. Ele fez
questão de ir para o escritório a pé – atipicamente, vale dizer, já
que, por qualquer motivo que se revelasse inopinado, ele tomava
um táxi, mesmo em se tratando de apenas cinco quadras. Fazia um
dia agradabilíssimo, a brisa alvoroçava-lhe os cabelos prateados
e, apesar da idade, cheios como um pulmão.

A rotina – agora muito mais ritualística e ornamental que
propriamente produtiva –, consistia em, pela manhã, abrir, checar e
descartar envelopes impessoais e seus conteúdos e em ler os jornais
que ele comprava, assim que chegava, após estacionar o carro, que
ele mesmo dirigia, no estacionamento do prédio onde matinha o
gabinete, na mesma banca desde há trinta anos ou mais; entre uma
coisa e outra, preparava um expresso na maquininha modernosa.
Ao meio-dia em ponto descia os cinco andares com o auxílio do
elevador vetusto. Ganhava o intestino da rua que, a essa hora,
fervilhava. A marcha peristáltica o levava ao mesmo restaurante
de trinta anos ou mais. Transe insetológico.

Há algum tempo tinha a atenção espertada, durante o
almoço, por um rapaz moreno, ensacado sempre em um terno
mal-ajambrado fúnebre, o cabelo obnóxio enrustido sob a gosma
placentária, a cara nojenta como uma topografia. E um maldito

sorriso servil por cima daquelas calças – tão largas em derredor dos cambitos que pareciam estandartes –, um sorriso de quem lamberia as bolas, de quem engoliria a porra do patrão, os olhos apertados, o cenho sério, um brilho de esperança nos olhos de cão. Seu Olavo tinha vontade de contratá-lo, de fazer com que cumprisse as ordens mais estapafúrdias, de bater com a cabecinha asquerosa do rapaz repetidas vezes na mesa, até moer aquela expressão de diligência irrefletida, até que aquela pele ensebada se diluísse, até que o crânio não fosse mais que um côncavo.

A tarde era ocupada com telefonemas de importância questionável e com a leitura de um livro (um desses escritores apenas medíocres, superestimados, aclamados pela crítica sabe-se lá por que motivo; desses que fazem se sentirem inteligentes seus leitores por compreenderem coisas absolutamente banais, mas que soam como revelações, pelo fato de serem eles também ordinários; desses que não possuem talento algum para a literatura e que constam sempre das listas dos mais vendidos, mas, interessantemente, não costumam levar a pecha de vulgares em discussões ditas sérias).

Seu Olavo desejou escapar? Sequer cogitou a possibilidade? Durante trinta anos ou mais, Seu Olavo seguiu a mesma rotina. Melhor: foi completamente deglutido por ela – e agora postergava o momento de ser expelido. Ao menos o tranquilizava pensar assim. Não que pensasse sobre isso. Seu Olavo gostava de se sentir profícuo. A mansão no centro da cidade, a casa no litoral, o apartamento em Nova Iorque, a carruagem de Hélio, os netos na Disney, o patrimônio, o conforto, a reputação, o respeito: essa era a vida. E haveria mais vida por detrás da vida? Seu Olavo nunca pensara sobre isso; com efeito, não. Mas pressentia. Houve a possibilidade de estar à orla? Essa era, afinal, a vida. Essa é a vida. O que mais poderia haver? Um *yacht*? Sim, só poderia ser um *yacht*. Talvez houvesse isso por detrás de tudo. Tantos anos. Haveria alguma consequência? Sim, porque se abre mão de muito. Será um *yacht* a compensação última? Seu Olavo apenas pressentia. E quando se aporrinhava, tomava uma dose dupla do *whisky* 16 anos.

Mas a vida nunca foi demais para Seu Olavo.

Seu Olavo. Perguntem aos vizinhos. Um exemplo, dirão. E muito reservado. Idoneidade e honradez, todo mundo afirma.

Seu Olavo nunca perdeu o sono por ter despedido a Juliana, que fora sua secretária, mãe solteira, porque ela não correspondera a seus galanteios; nem por ter estrangulado e colapsado a Maria, empregada do Junior, no quartinho sem janela, quando, depois de lhe ter rasgado as roupas, penetrou-lhe energicamente durante a festinha de aniversário do seu neto (ela, evidentemente, nunca disse palavra a esse respeito e continua trabalhando para a família porque, evidentemente, depende do dinheiro); nem quando, imagine, atropelou o ciclista e saiu sem prestar socorro (não havia ninguém por perto, era já tarde da noite e o pobre diabo agonizou no asfalto até amanhecer, até que alguém o visse e o levasse a um hospital para que – Seu Olavo jamais soube – lhe amputassem a perna). Seu Olavo não passou sequer uma noite em claro por ter estuprado sua própria mulher, com quem é casado há 45 anos, a Dona Aracy – convém avisar ao leitor incauto: a essa altura, é a primeira menção que se faz à mesma, o que pode ser um dado significativo –, pobre Dona Aracy, não é isso o que faz de um homem um homem? Não é isso que significa ser viril? A pretensa anulação de uma vulnerabilidade por meio da autoafirmação truculenta? A contrapartida calosa e desnaturada de uma privação? Pobre Dona Aracy, tão conciliadora. No fundo, Seu Olavo é só um menino velho e, ademais, é preciso ver sempre o lado bom das coisas: desse ato abominável, que a deixou com uma costela partida e vários hematomas – porque ela, ingênua, resistiu –, resultou a dádiva: o filho do meio, Davi, o preferido. Perguntem aos vizinhos: Dona Aracy é uma santa. A verdadeira rainha do lar – silenciada, espezinhada, aniquilada, praticamente um manequim.

A vida nunca foi demais para Seu Olavo. A vida lhe desceu goela abaixo. Nunca lhe aborreceu o fato de ser órfão, de ter sido enjeitado, rechaçado sempre durante a infância – é mesmo possível dizer que Seu Olavo jamais dedicou sequer um minuto ao reconhecimento, quanto mais à elaboração dos escombros dessa época. A vida é o que é. Sem melindres. Uma avalanche, uma debandada cega. Das vezes em que se sentiu só – se é que se pode dizer que isso ocorreu de fato –, sacudiu-se expeditamente, afastou de si o arroubo nebuloso, desabalou, foi tomar um trago, molestar uma puta. Quando a depressão ameaçou abatê-lo, retomou o ramerrão, o escritório, mas não sem que houvesse, antes, autodepreciação: "velho maricas", ele pensou, depois da talagada. A vida é isso e pronto. Melancolia é afetação. Nostalgia é calúnia. Seu Olavo não falava sobre o passado.

O tempo atravessado pelas cinzas, o trânsito empacado, o cheiro acre de regresso, os sinos dobrando molhados, as árvores arredias retorcendo-se nos retrovisores. A caminhada após o expediente foi revigorante; talvez devesse incorporá-la ao cotidiano – mas isso decerto não aconteceria. Seu Olavo sorriu ao porteiro: um belo dia; não de uma beleza excepcional, porém agradabilíssimo; uma espécie de alumbramento, um alto segredo nas flores murchando; não se tratava de romantismo, tampouco de redenção. Último coração abrindo-se na calçada trivial. A caminhada foi revivificante, com efeito – uma ironia obscura, um espelho em chamas.

Adentrou o átrio. Foi à cozinha, abriu a geladeira, arrebatou uma fatia do queijo caro, apanhou a cerveja especialíssima premiadíssima e se assentou na ampla poltrona na varanda. Dona Aracy assomou na penumbra; Seu Olavo fez um meneio equino com a cabeça, à maneira de saudação.

Terminou a bebida, afrouxou o cinto e se dirigiu à escada. Antes de encetar a subida, desfez o nó da gravata como sempre. Podia ouvir Dona Aracy lá em cima, o rumorejo colorido da TV.

Já no pavimento superior, dirigiu-se ao banheiro. Mijou com

estrépito. Olhou de esguelha a barata nojenta a um canto, as perninhas convulsas, autônomas, desafiadoras. Lavou as mãos. Viu-se refletido: não era ele uma espécie de morto-vivo? O que é que se pode fazer? Que bobagem. Criou os filhos, erigiu um império. E o *yacht*? Concluiu: o inseto ominoso permaneceria ali pela eternidade, os três pares de pernas se agitando pela eternidade; ou até a semana que vem, dava na mesma, quando fosse removido por Cida, a arrumadeira. Morria-se de solidão? Haveria mais vida por detrás da vida? Haveria vida por detrás das estrelas? Seu Olavo não perdia tempo com esse tipo de cogitação.

Dona Aracy lia no quarto, com a televisão ligada. Seu Olavo despiu os sapatos, o paletó. Foi ao armário, carregou a pistola como quem aplica creme dental sobre a escova – Dona Aracy não o notou –, disparou contra ela, dois tiros na altura do peito, depois enfiou o cano fumegante na própria boca e puxou novamente o gatilho.

ANTÍNOO TRIUNFANTE

> [...] *a musical score is merely an indication of*
> *potential music* [...]
> Ralph Vaughan Williams

Não gosto de quando ela vem me buscar. As tias nem falam com ela. Meus amigos disseram que ela é estranha, o Estefânio toda vez ri, um dia falou que ela era gostosa. As tias ficaram bravas. Prefiro voltar sozinho. Todo mundo fala que eu não tenho idade, mas eu gosto muito mais de quando volto só eu. As tias perguntam: se ela não fica preocupada; eu não sei, só sei que ela tem que trabalhar. E eu moro aqui pertinho, naquele prédio com fachada de pastilhas azuis que todo mundo comenta. Uma vez o Estefânio perguntou cadê meu pai, eu falei que eu não tinha pai e ele falou que todo mundo tem pai, que a mãe dele tinha falado isso. O Estefânio me bateu um dia, mas eu fiquei amigo dele, foi bem em um dia em que ela foi me buscar, aí ela perguntou que mancha era aquela, se eu andava brigando, eu falei que tinha caído da gangorra.

Hoje ela veio me buscar. Ela gosta de pegar na minha mão, mas eu não gosto. Às vezes eu penso que a mão dela é um papagaio, lá no alto, os dedos de rabiola. Só depois, quando a gente já está longe, que eu pego na mão dela. O Estefânio vai embora de carro, com o pai dele. Quando a gente está chegando perto do cemitério, eu pego na mão dela – e o Estefânio passa de carro com o pai dele, abre o vidro e mexe com a gente. Ela não gosta, fala que o Estefânio é pentelho, moleque mimado.

Eu não gosto muito de falar com ela, mas ela me pergunta como foi meu dia, eu falo: foi bom, hoje eu trepei até à parte mais elevada do trepa-trepa, nem o Estefânio conseguiu; ela diz que elevada é palavra difícil e me faz um cafuné; eu não gosto, porque bagunça meu cabelo. Ela fala que é bom eu me enturmar, mesmo o Estefânio sendo chato. Ela não gostava de quando eu ficava lendo meus livrinhos no intervalo, ela falava que eu tinha que brincar no recreio; eu falava que era intervalo, que recreio era só para criancinha. O Estefânio me chamava cu de ferro. Mas agora ele é meu amigo. Ela bem que podia parar no boteco e me comprar uma coca e uma coxinha.

Eu gosto do cheiro dela. Mas não gosto de quando ela usa essas *leggings*. O cheiro dela de cabelo e casa, um cheiro que eu não sei dizer, só sei querer, cheiro de televisão e sofá, cheiro de colo e pipoca, eu não sei, é um cheiro de frio também, cheiro de banho e ferro, cheiro de quando a gente viu o mar. Vixe! Eu aponto o carrão que vem vindo! Ela sorri. Eu gosto muito de carros. Falo: o Camaro! O Camaro diminui a velocidade, baixam o vidro – e chamam: gostosa! Uma vez a gente esperava o ônibus lá no ponto da catedral, passou um cara, olhou bem e disse: gostosa! Uma velha que estava do nosso lado falou: safado, respeite o menino! Aí uma crente sebosa falou: mas também, usando essas roupas. Por isso eu não gosto dessas *leggings*. Eu gostava mais de quando ela tinha um cabelão preto. Antes eu também gostava de cabelos loiros, mas agora que ela pintou, eu não gosto mais. Nunca vi mulher com o cabelo loiro e curtinho que nem de menino.

Um dia, lá em casa, a gente mora no quarto andar, eu já estava dormindo, era bem tarde, mas eu ouvi um grito, depois outro, aí levantei, era a voz dela, vinha um berro apertado pelo corredor, parecia de vidro, fui até ao quarto dela, ela falava que eu não devia nunca ir até ao quarto dela, ainda mais à noite, porque eu fui uma vez e tinha um cara em cima dela, mas eu fui mesmo assim, tinha um medo me doendo nas costelas, um susto escuro me sufocando, aí vi pela brecha: tinha um cara em cima dela, ela não sabe que eu já vi vários caras em cima dela, só que esse cara batia na cara dela, esganava, cuspia; eu senti muita raiva e entrei, gritei com ele: sai de cima dela. Pensei: uma vez ela disse que eu segurava as rédeas naquela casa. O bigode do cara riu e me olhou com olho de touro, veio para o meu lado, o pinto duro, deu uma bofetada em mim, eu voei longe, gosto de metal; depois ele saiu batendo a porta. Ela só gritava e chorava, saiu atrás dele e eu falei: volta. Acordei no outro dia, achando que era sonho – mas doía de verdade.

Agora eu vejo esse cara ali em frente à portaria, ele e o bigode de aranha morta dele. Ela viu também. Parou, quis dar meia-volta, mas o cara vem vindo, quase corre. Ele vem sorrindo um sorriso de demo e me olha de um jeito que eu sinto dor de dente. Para na nossa frente e fala oi, chama um nome que não é o dela, beija a boca dela e me faz cafuné, que eu odeio porque bagunça o meu cabelo. Ele tira um montão de dinheiro do bolso, fala que daquela vez saiu sem pagar, ela bate na mão dele, o dinheiro voa, ele grita com ela: puta escrota, e dá um safanão nela, ela cai sentada; ele tira um canivete e sacoleja o corte perto do rosto dela, o Seu Deusdedit deixou a portaria e vem chegando, balofo, eu sinto uma coragem dentro de mim, se eu tivesse um pai ele ia ver que eu não sou fracote, dou um empurrão no bigode de aranha espacial, ele nem se move – e enfia aquele frio pequeno em mim. O frio entra primeiro na barriga; aí ele tira, sai um calor molhado, enfia de novo, no meu peito, tira, sinto o vermelho na camiseta feia do uniforme, enfia e tira o frio um monte de vezes, o calor vazando pelos buraquinhos; ela fica de pé, gruda nos braços dele, no pescoço dele, ele se sacode, ela vai parar no chão outra vez, quero correr, quero me deitar, o frio continua entrando, agora no pescoço, o Seu Deusdedit grita, chega, empurra o bigodudo, ela grita, eu grito e me deito com força. Ela vem, eu peço ajuda, Isabel, ajuda, dói muito, Isabel – e ela diz que já passou da hora de eu parar com isso, que ela era minha mãe e que eu não tinha que chamar Isabel, que eu tinha que chamar mãe, mãe.

À SOMBRA DAS GUILHOTINAS

Ela andava bem feliz, sim. Senhor. Bem feliz, assoviava o tempo inteiro, até enchia o saco, uma tristeza mesmo, viu, ela gostava desse grupo novo, esses meninos cabeludos, assoviava o dia inteiro, o senhor já ouviu? Grávida, sim, não é uma coisa triste? Uma tragédia, não é? Não é assim que se fala? Uma tragédia? É. Eu já nem quero mais trabalhar aqui, viu. Essa tristeza. É muito triste, rapaz. Aí a gente sobe, é, só tem mais um andar, a gente sobe e tem lá aquela mancha. Dá uma coisa, um aperto aqui, os hóspedes se mandaram, todo mundo. Vazio, vazio. Quando chega gente, eu logo conto, informo, é só aqui embaixo agora, mas quando falo do acontecido, ninguém se interessa. Todo mundo aqui no hotel sabia; os funcionários, os hóspedes, não era segredo. Ela falou aos quatro ventos: ele tinha pedido em casamento, que ela ia se casar, falou mesmo, lembro como se fosse hoje, ela toda feliz, saltitava, o assovio, Beatles, isso, Beatles. Às vezes eu acho até que foi minha culpa, viu. Não, não. Não fiz nada, de jeito nenhum, o senhor me olha nos olhos e o senhor vê: eu gostava muito dela. Uma moça trabalhadeira, alegre. Honesta, viu. Mas é que fui eu que permiti – isso, a carta. É que eu devia levar a carta, não é? Mas ela pediu. Eu não achei problema. Todo mundo sabia, como eu disse. Todo mundo, sim, senhor. Pode perguntar. O senhor vai perguntar, vai falar com todo mundo. Ela pediu e eu deixei. Depois que eu fui entender. Foi por causa da carta. Com certeza. O senhor ainda não leu essa carta? Eu, o senhor me desculpe, mas eu li, não leio, nunca, nunca li carta dos outros, mas foi o calor do momento. O calor. Não fica bem, não é? Mas foi só por isso que eu li. Uma moça muito boa. Mas muito boa mesmo, viu.

Um dia ela disse que ia embora com ele. Ela? Morava com a mãe. Ajudava a mãe. Os irmãos pequenos. O pai parece que tinha outra mulher, sumiu. Ela e a mãe, só. E os irmãos pequenos. Andava bem feliz, viu. Foi semana passada, não é? Nem sei mais. Não foi? Isso aqui não para. Ela era copeira, ninguém para por causa de copeira, é uma tristeza, é, aquela mancha no chão, na porta – e o fedor? Deus que me livre, se o senhor subir lá vai sentir, e faz uma semana, não é? O patrão não quis fechar, mas não adianta, a gente fala, não tem como não falar, as pessoas vêm, mas quando ficam sabendo, logo saem, uma tragédia, saem espavoridas, o patrão não queria que ninguém ficasse sabendo, mas não teve jeito, não é? E o fedor? Não gosto nem de lembrar. Empestou o hotel inteiro, até aqui embaixo. Cruz-credo, não gosto nem de lembrar. Foi a outra copeira, a Rita, isso, a Rita que percebeu a fumaça e subiu lá e viu primeiro. Aí gritou, coitada, desmaiou. Eu subi feito um foguete. Por causa da carta, não é? Depois que eu fui entender. A carta. Chegou essa carta aqui, mas ele tinha saído. Eu perguntei a ela, porque eu não estava aqui na hora em que ele saiu, não vi. Eu perguntei: ele saiu? Ela disse que sim, ela sabia, não é? E ela me perguntou por quê; eu disse assim: porque chegou essa carta. Aí ela ia subir, levar o almoço da dona Consuelo, e me disse: deixa que eu levo. Na hora eu não achei problema. Todo mundo sabia, não é? Ela e ele. Não tinha problema, percebe? Não tinha. Mas ela leu no sobrescrito, era uma mulher, a remetente. Claro que ela ficou curiosa. Isso eu conto ao senhor porque fui entender depois, fui, como se diz, juntando as peças. Aí ela abriu o envelope, onde já se viu? Remetente mulher, ela ficou curiosa, não é? Natural. Ela leu. E viu que era – o senhor não sabe – da esposa dele. O senhor sabe? Isso, da esposa dele. Tem quase trinta anos já, e nunca aconteceu uma coisa dessas nesse hotel, uma tragédia mesmo, viu. O senhor me desculpe chorar assim, mas é muito triste, muito triste mesmo. Ela? Grávida, sim, o senhor não sabia? Grávida, ela dizia. O senhor me desculpe, viu. Como é que pode – uma coisa dessas? Ela andava tão feliz, vivia dizendo – que ia embora, que o filho dela ia ter uma vida boa, até nome já tinha escolhido, um menino, queria menino, que ia ser menino. Ela leu a carta, não é? Era da esposa dele. Ela subiu, deixou o almoço da dona Consuelo, foi até ao quarto dele, sim, entrou, acho que entrou, leu a carta – e desceu. Foi até à despensa, sim, o querosene e os fósforos, subiu de novo, sentou lá, isso, defronte à porta do quarto dele, sentou lá, quando eu vi, cruz-credo, eu, eu não gosto nem de, quando eu vi, era um buda, um buda pegando fogo, ela sentou lá e.

TAUROBOLIUM

Eu disse: o homem revela-se a si terminante criador, ainda que inelutavelmente abatido. Disse como alguém me ouvisse. Porque o céu é o desespero. Mas não me resta senão o verbo. E a voz – jamais poderia chamá-la minha – era um estertor apenas, uma derradeira vanglória arrojada no ermo. O céu leve, adelgaçado, oco. A novidade do corpo. O lugar ingente do corpo tangido pela relva. O lugar interminável do corpo. E ínfimo. O céu sonoro era o conhecimento do chão. E digo: todos sabem que só há a terra e todos se acovardam porque a vida é a maior covardia. E respiro a dor. Uma dor que não é senão o azul do céu e que não para nunca de entrar. Dentro no lugar do corpo. Porque eu nunca antes soube, porque não há maneira de saber. Porque todo o conhecimento é, agora, sentir a relva, o peso do corpo contra a relva. Todo o peso do corpo. Porque o mundo é dentro – e este é o último, e, portanto, mais vão de todos os conhecimentos. O azul é uma cãibra interminável. Um choro doía na nuca. A relva é o conhecimento total do corpo. E eu não me ressinto de nada. Porque a minha vida toda era aquele corpo deitado sob o azul estonteante e oco. Minha vida toda era uma hora, um pedaço maciço de tempo contra a relva. Uma hora. Porque o sol ecoava o Citizen automático 21 jewels que fora do meu pai. O mundo era uma dor que saía – e o tempo, portanto, quedava placidamente solvido. E eu não me ressentia de nada. A vida toda era um corpo. E eu sentia cada partícula infinitesimal perfazendo-a. O que me resta é apenas o simulacro. O que nos resta. Dizer cada coisa. E transformar tudo em efígie. A vida toda é uma efígie apenas. Um sonho e uma memória. Genuinamente. Indubitavelmente.

Impalpavelmente.

Talvez eu pudesse. Talvez eu possa insistir. O mundo, contudo, dói tanto na cabeça. O corpo pesa tanto na certeza. O portento! E depois o nada. Eu, como alguém me ouvisse, dissera: o homem revela-se a si ultimado criador ainda que inexoravelmente deitado por terra. Eu direi: o homem. Mas por quê? Ainda vivo. Ainda vivo. Ainda verbo. Há uma coisa que é uma espécie de medo e não é estritamente medo ou talvez seja o mais puro medo, porque eu ainda vivo; e mesmo que eu esteja sozinho digo em voz alta: a vida é uma coisa para o outro. Porque agora há só uma coisa, só este presente infinito, a limitadíssima impressão de um presente infinito, eu sei, mas só isto, e a vida toda é uma lembrança, e há este presente interminável – que se despenhará a qualquer instante no mais irrevogável vácuo. Agora. Todo o amor resulta estéril. O mundo dói na cabeça e é uma única palavra, uma única palavra repetida até à loucura, uma dor esmagadora, o mundo torna-se uma voz de animal e o próprio animal, um touro remoto e vívido, e isso é a morte, o que antes era cogitação e enlevo, agora é a única coisa. Esse touro sob o céu, um desejo do corpo, da terra, e submeter essa coisa aos princípios da razão, nomear essa coisa, explicar essa coisa é apenas provar o desamparo, a miséria, é apenas deformar a experiência mais pura porque ainda se vive, porque é isso que se faz quando se vive, a nossa vida é uma deformação da vida. Ou seja, eu ainda vivo. Eu ainda resisto. Eu digo: esse animal enorme propende para pedra. E é o mesmo que dizer nada. Porque, em verdade, o animal era um nome de dor. Um modo de dizer, como ainda alguém me ouvisse, aquela dor. Esta dor. Porque tudo era um retorno imenso. Tudo era propensão para a pedra. Havia ainda o tremor rápido do meu nome. E agora esse terror inexplicável. Houve o terror inexplicável. O conhecimento do inferno – porque ainda vivo, porque ainda funciona no imo do ser a explicação do mundo, o maquinismo de explicar o mundo, porque eu sei que agora há apenas essa coisa imensa que é a morte e ainda assim há a obstinação, há o sonho, a mentira.

Ainda insisto no engano que é a vida e posso dizer uma coisa dessas: sei que agora há apenas a morte – como se a morte não fizesse vibrar, sempiterna e amiudadamente, cada porção de vida. E nisto consiste o terror mais pejado, porque se conhece, sem nenhuma esperança ou desejo de esperança, a nulidade da vida. E a vida é tanto mais nula quanto mais se tenta conferir a ela motivo. E agora o inferno: porque eu ainda vivo – apenas para conhecer que sempre tive medo da morte.

A vida é um desvio. E a metafísica, uma solução que se suprimiu a si enquanto tal, de modo que tal desvio, originalmente um efeito, transformou-se em causa. De modo que agora, sem que haja nenhum problema de hermenêutica, posso comparar as nossas faculdades intelectuais a um castigo ou coisa parecida e sofrer reproche porquanto o que, mais que provavelmente, é apenas um acidente, agora ascende à categoria de dádiva. Desvairo. Sou um homem simples. Sou um homem. Ainda sou. Quero dizer em voz alta: sou ainda. Mas sinto muita dor. Muito medo. Sinto o touro e a corrente do medo nos pulsos. A sensação convulsa do corpo. Então há o céu aberto qual um corpo. E o corpo remoto qual um touro. E há o desejo da derradeira mentira. Estar vivo. Desejar. O que nos resta: dizer cada coisa. E transformar tudo em efígie. A vida toda é uma efígie apenas. Um sonho e uma memória. Havia um potencial de infinidade nesse desejo delirante – o simulacro do simulacro. O que é que se faz ante a impossibilidade de se comprovar a vida depois que se morre? Se a humanidade toda fosse extinta de uma vez, de que valeriam as ruínas? Se a humanidade fosse privada da razão, de que valeriam as ruínas? Ante a morte – e falo como eu não estivesse a ponto de ser reduzido a nada, uma vez que se está sempre ante a morte – a vida é uma alucinação apenas; pedaços. Um troço que se vai desvanecendo, que se perfaz unicamente por meio da razão e que se não pode precisar. Esta voz, vibração imprecisa e fugaz, quer enunciar: nada permanece. Uma obviedade dessas é o mais alto arcano. O que é a memória ante a nossa pujante necessidade de corpo?

Meu pai ouvira sobre a execução de Mussolini e dos companheiros fascistas dele, sobre o cadáver vilipendiado de Mussolini, sobre como o populacho lhe pisoteara a face repetidamente até torná-la uma rodela larga e irreconhecível na Piazzale Loreto – coisa que causou ao meu pai forte impressão. De modo que inventou uma espécie de adágio que lhe coroava os ditames: quando eu e meus irmãos o decepcionávamos, ele apontava o desvio de caráter e rematava dizendo que, se continuássemos agindo de tal ou tal modo, acabaríamos qual Mussolini. Entendíamos a seriedade da apreciação, mas eu só fui perceber a crueldade nela contida muito depois de ter morrido o meu pai. Ele morreu quando eu tinha nove anos. Fez ao meu irmão mais velho, assim, chefe da família e deixou-lhe o Citizen automático 21 jewels. Lembro-me, como fosse ontem, da primeira e única vez que ele me dissera a mim, depois de me esbofetear, que eu acabaria qual Mussolini: eu fora demasiadamente franco quando dissera que deveria estar na escola em vez de estar trabalhando sob o sol. Eu tinha então oito anos e meu pai, boquiaberto, punira-me. Eu acabaria qual Mussolini. Aquilo soara, inusitadamente, como fosse encômio. E era, em verdade, valioso ensinamento. Aquilo causara forte impressão em mim. Quando papai dizia que alguém deveria acabar qual Mussolini, sabíamos, eu e meus irmãos, que tal pessoa era merecedora de desprezo, de ódio, mesmo não sabendo ao certo que fim levara o tal do Mussolini. Desde então não me arrisquei outra vez, intentei diligentemente a repressão da sinceridade. Sinceridade. Eu não queria ser mártir – não que o Mussolini fosse mártir. Desde então me resignei ante as minhas limitações. Desde então procurei contentar-me com o que tinha, com o que conseguira. Casei-me por interesse. Quando vi, primeira vez, foto do corpo do Duce execrado publicamente, eu reiterei tal resolução: não queria acabar qual Mussolini. Defendi sempre um interesse. Erigi altíssima efígie. Quando me assaltava a demasiadamente importuna e não tão frequente questão acerca de quem eu me tornara, eu solucionava-a do seguinte modo:

não havia maneira de ser sem que houvesse o outro, assim eu existia exclusivamente para o outro, no outro. Precisava, portanto, reforçar, enaltecer a minha efígie. Deus fora sempre uma dúvida (dissimulada); a frequentação da igreja, jamais. Sempre fui homem simples. Orgulhei-me sempre de sê-lo. Porém nunca ingênuo. Jamais voltei a me arriscar. Então a conheci. Ela. Jamais poderia chamá-la minha – era um estertor apenas, uma derradeira vanglória arrojada no ermo. Sempre fui homem simples, porém nunca ingênuo, poupei, vivi austeramente na capital, regressei, espezinhei quem me espezinhara, casei-me por interesse, tornei-me proprietário. Defendi sempre um interesse. O meu. Minha influência era vasta? Pergunto já no pretérito. Tácita, com certeza. A cidade, pequena – a minha cidade natal. Na cidade grande, poupei. A sovinice em nenhum momento me fora motivo de vergonha, nem de censura. Então sobreveio o usado ímpeto de retornar. Adquiri terras – regressei à vila onde nasci. Que pouco ou nada mudara desde que a deixara. Penso: a vida é uma coisa para o outro. O metal perfaz a dor paulatinamente. Eu descalçado calcava o chão lamacento, ficava para trás, eu insistira para ir com as alpercatas, e ela apenas cabeceou um gesto, o beiço estirado, eu sabia que não adiantava objetar, fiquei triste, mas então eu não poderia pular nos charcos, e logo passou, fui-me, ela dissera-me para dobrar as barras da calça, eu ia pensando no corpo morto do meu pai, minhas tias choravam com afetação e aquilo me importunava tanto que eu chorei de raiva, e vieram acudir, mas eu não sabia, eu não entendia, aí me disseram que meu pai estava no céu, que era um lugar melhor, e eu respondi que não, como se dera tal coisa? E então choraram com mais força ainda, o chão da sala embarrado, chovia, a face exangue do meu pai, as mãos amarelecidas cruzadas por sobre o peito, então eu abeirei-me do esquife e toquei com o indicador rijo as mãos imóveis do meu pai, saí e fui brincar na lama, porque eu sabia que não seria castigado, jamais voltaria a ser castigado pelas mãos grandes dele, mas não vi graça na lama e fui, irritado, abrigar-me do chuvisco fino e gelidamente inusual na pocilga dos porcos, aí tive medo e senti saudade dos cascudos do meu pai, de quando ele me puxava a orelha e me chamava de preguiçoso porque minhas mãos pequenas não se ajustavam ao cabo da enxada e meus irmãos se riam e eu chorava de raiva; chorei de raiva, mas era saudade; e era esse mesmo choro que eu chorava agora, uma raiva oca, uma saudade oca, e o céu doendo nos olhos, a voz da minha mãe dizendo que já passaria, que eu deveria ser menos levado, que se meu pai estivesse ali eu ainda levaria uma boa surra para além de quase ter perdido uma vista, que me portasse melhor, do contrário, e ela então imitou papai, eu acabaria qual Mussolini, meu pai fora beneficiar o arroz, e ele sempre me trazia um doce da cidade, e minhas irmãs me invejavam, porque eu era o caçula, eu sentia muita saudade do meu pai quando ele ia à cidade, porque eu ficava imaginando que ele poderia não voltar, mas ele sempre voltava e eu corria para abraçá-lo, eu às vezes ficava tentando me lembrar da voz do meu pai, porque ele só grunhia e quando falava, coisa invulgar, vociferava, minhas irmãs iam à frente e eu pulava nos charcos e o meu caderno caiu na lama, então eu comecei a chorar porque eu sabia que papai não me puniria, porque ele estava no céu, mas no casamento do meu irmão mais velho eu sujara a roupa nova e meu pai me olhara com tanta raiva que eu saí correndo, mas naquele dia ele também não me punira porque estava feliz, uma felicidade muda e engelhada, e quando eu, vacilante, beijei a noiva, só consegui pensar na cara apaticamente feliz do meu pai que não bebia nem quando havia um casamento, e depois quando nasceu o meu primeiro filho eu dei a ele o nome do meu pai, uma saudade oca e remota, porém pujante, pungente. Então regressei à minha cidade natal e comprei o sítio em que eu nasci. A casa pequenina de madeira fora derrubada, assim como o chiqueiro. Comprei também as terras imediatas. Nasci e morrerei no mesmo lugar. Uma coincidência bonita, eu digo agora a ninguém. Contudo, coincidência apenas. Meu irmão pegou meu braço, o tato áspero, e disse que o Citizen 21 jewels agora era meu. Nada permanece.

Sempre fui homem simples. Orgulhei-me sempre de sê-lo. Porém nunca ingênuo. Jamais voltei a me arriscar. Então a conheci. Ela. Jamais poderia chamá-la minha. Mas, em fim de contas, o que possuímos? Tal pensamento, uns diriam que já um tanto senil, impeliu-me. Se não possuo nada, o que eu perderia? Nada permanece, eu pensava. O trabalho. A lavoura. A obra. Tudo já nasce ruína. Nós jamais, por mais que digamos o contrário com frequência, elaboramos algo para nós mesmos – tudo é para o outro. Mas isto não passa de obviedade. Digo-o somente porque me ressinto. Porque sempre se depende inexoravelmente do reconhecimento do outro. Mas a minha seriedade se estendia até à loucura. Até que a conheci. Não romantizo aqui um fato. Sou homem simples. Primeiro aproximei-me dela porque com ela deveria aprender a aceitar a minha natureza, a natureza do gênero humano: a efemeridade. Todos nós reconhecemos a morte. Poucos, porém, abraçam-na. Sou homem simples. Há um prazer inenarrável em poder ainda dizer: sou. Sou homem simples e penso agora que se qualquer outra pessoa estivesse em meu lugar e eu lhe servisse de ouvinte, ouvi-la-ia apenas porque levaria em conta a situação. O que diabos eu faço agora? Por que não apenas abraço a morte? Se ninguém me ouve! É inútil o meu esforço, a minha obra. E não é que ela seja agora inútil porque me encontro só – a vida é um desvio! Desnecessário, eu diria agora. E penso que o digo por causa da minha situação, diga-se, privilegiada. E insisto: porque vivo ainda. É isto, precisamente, a vida: uma insistência. E sei, perfeitamente, que se eu ouvisse um moribundo dizendo tal coisa, pensaria: o miserável delira. Mas não há ninguém que me possa ouvir. Quanto tempo se passou desde que caí? Onde estará ela agora? Lembro-me de um dichote que sempre julguei estúpido: havia um condenado à forca que, a caminho do destino derradeiro, pedira aos verdugos que lhe providenciassem agasalho, posto que fosse estupendo o frio e ele não quisesse apanhar um resfriado.

Todavia eu sou agora o condenado que faz uma exigência absurda. Agora. Sempre. Não há maneira de se desvencilhar do verbo antes que venha a morte – porque é com o verbo que provamos a vida. De qualquer modo, tal coisa não justifica a improficuidade do meu esforço. Com a minha voz, vibração imprecisa e fugaz, vocifero: tudo é um retorno imenso. Saí e fui brincar na lama. Meu irmão pegou meu braço, o tato áspero. Minha mulher cessara de gritar. Pouco tempo depois ouvi: um menino. Desesperar. Há quanto tempo estou caído? Falo a ninguém. Esbravejei contra os ventos como a humanidade se resumisse a mim unicamente. E não é a humanidade senão um único homem? O que será a humanidade depois da minha morte, durante a inconsciência eterna? A atroada atroz do metal. Deusa bestial de coxas roliças e pés enlameados. Adultério? Uma raiva oca, uma saudade oca, e o céu doendo nos olhos – eu ia dizer: queria ser como o cachorro. Quero rir e sinto dor. A presença dói. O resultado é o ricto hediondo, repugnante, escarnecível. Jamais poderia chamá-la minha – ela, deusa telúrica e famélica, olhos de ungulado livre, tato de relva. Ninguém possui nada – esse é o meu pensamento simples que ecoa sempiterno. Sou homem simples. Quis ler. E lia sentado na cadeira de balanço na varanda. Lia e não entendia e me irritava e relia. Ia dizer: queria ser como o tal Brás Cubas. E me rio. Por isto me estou exaurindo até à última palavra? A última palavra. Punição à língua vã? Qual será meu último pensamento? E que diferença faz? Mas e o resto – que diferença faz? Eu acometia-lhe os mamilos impetuosamente, como quem acomete uma manga ou um anacardo. Eu não voltaria para dizer o que jamais disse. Por isto cá estou exangue – minhas palavras jorram em honra de uma Cleópatra rústica. Quis gritar. Mas doeria. E gritei: maldito! Cornudo! Ele não me ouviria. Deveria ser excelso este momento? Eu deveria refrear a imprecação – tão escarnecível e falta de vigor –, deveria me deter a alguma espécie de contrição? Contrição? Se o que me aguarda é unicamente o abisso sempiterno e inexprimível da inexistência?

O primeiro filho. A sensação, prontamente afogada, de equivocar-se. Então nos dizemos a nós: é a vida. Então pelejamos, insistimos. Então automaticamente. O que mais se poderia fazer? Do contrário, não haveria vida. E há tanto recreio ao longo do desvio. Perdemo-nos, com efeito. De modo que é absolutamente aceitável que digamos: a vida é a coisa mais valiosa que possuímos. Digo sem medo agora: nem valiosa, nem possuímos. Eu grito: vivemos porque temos que retornar. E me dói o ferimento. E a dor me importuna. E eu sei que não deveria me incomodar. Minha mãe diz que já vai passar. O primeiro filho foi o primeiro a condenar-me. Sempre fui homem simples. Orgulhei-me sempre de sê-lo. Porém nunca ingênuo. Jamais voltei a me arriscar. Até que a conheci. Ela. Jamais poderia chamá-la minha. Onde ela estaria agora? Regressei à minha cidade natal e comprei o sítio em que eu nasci. A casa pequenina de madeira fora derrubada. Agora uma casa grande, de alvenaria. Contratei feitor. Instalei-o nela. Disse-lhe: nasci aqui. E ele me respeitou. Disse-lhe que a casa lhe pertencia enquanto ele me servisse. A casa ampla, de patrão. Ao que ele respondeu com exagerada vênia. Agradecia. Ele e a mulher mudar-se-iam naquele dia mesmo. A mulher. Em fim de contas, o que possuímos? Agora, eu, inelutavelmente nu, sinto o corpo sanguinolento contra a relva, o peso esmagador da sinceridade, da verdade, da terra. Um sátiro corre calmo em direção ao bosque. O peso selvagem e desenodoado do mundo, o abismo do mundo livre de razão, a natureza sempre remota, sempre inapreensível. O pintor morreu. E eu ainda vivo – pressinto a coisa bruta, nua, insuportável. Então veio o feitor – e trouxe a mulher. Música apenas. A tez queimada da labuta. E lisa, refulgente. Eu disse: o homem revela-se a si ultimado criador. O lugar interminável do corpo. E ínfimo. Talvez eu possa insistir. O mundo! O mundo! Tudo era um retorno imenso. Sou um homem simples. Erigi altíssima efígie – e o animal deitou-a abaixo. Não sei ao certo. Talvez tenha sido o amor – e então deveria dizer: o homem deitou a efígie abaixo, a efígie que ele próprio erigira. As pernas roliças penetrando no vestido fino levantado. O suor nas coxas. Os pés descalçados calcando o barro. A graça no meneio das melenas. A graça. A beleza. O homem! Maldita razão! Quis persuadi-la, conduzi-la ao bosque – e disse-lhe: a moral é uma vil invenção, menina, ao que ela se riu, sem entender. Peguei-lhe da mão grossa, delicioso tato, e ela mostrou-me os dentes prazenteiramente. Mas recuou. E deu-me as costas. Mirei-a prontamente nas nádegas livres por debaixo do vestido puído, o movimento dos braços que se cruzavam refletidos na carne abundante. A vida é o que há de menos valioso. Meu deus. Fora com o fantasma! Fora com o fantasma! Meu deus! Eu jamais desejei tanto o bálsamo divino – e jamais possuí conhecimento mais puro e acertado acerca do vazio do céu. E então o tigre e o lobo se deitaram a meus pés.

A mulher. A veneração. Vejo o céu e vejo tudo. Sinto fome – e rio. A mulher, altíssima, designava a vida com o corpo. Fome. Li, nas pernas cósmicas dela, a morte – aprendi, nos seios fortes dela, o retorno. O animal famélico. O verbo encarnado – e bobo e nulo. A respiração. A respiração vai. A respiração para. E volta doída. Respiro, padeço, vou. A respiração paratática. A voz para. Tudo para, tétrico. E nada. Quis ler, coisa de velho. E li: o legado de nossa miséria. Não sabia. Não entendia. E lia. Coisa de velho. E conheci no amor a humanidade – a razão ridícula. E vi que o amor era uma evasiva tão infantil – e que tudo que o gênero humano erigia não era senão recreio. Meu deus! Sentava na varanda e lia. E relia. A cabeça doía, porque eu não entendia. E li na vulva palpitante dela: o mundo – o mundo é a terra, o resto é o humano. Desentender. Eu pensava que desentender era o fim último. Mas agora: não me calo, isto é, não paro de entender, não paro de tartamudear, isto é, não cesso de tentar e falhar no que diz respeito à interpretação, quer dizer, a invenção do humano. Primeiro souberam os meus filhos: condenaram-me. Escandalizaram-se. Um homem da minha idade. Eu! Figura influente. Sempre o outro, sempre o outro. Certa vez pensei que o outro era o fim da vida. Como eu pudera? Como souberam? O primogênito confessou depois que me vira com ela.

Não tardaria até que o marido soubesse, meus filhos disseram. E mamãe? Eu não queria saber. Mas tinha medo. Conheci que sempre tive medo da morte. Uma dor que não é senão o azul do céu. E o marido dela soube. E engoliu. Respiro. Dissimulou. Respiro. Tolerou. Paro. Agiu. Meu redentor. Espero que me leve a um lugar com menos galerias e menos portas. Minha esposa soube – mas não fazia diferença há muito. Vejo agora uma casa derribada e o sol oco. Contratei feitor. Instalei-o nela. Disse-lhe: nasci aqui e morrerei aqui. Ele confirmou. Gritou bestial. Eu corri. Ele vinha engolindo. Humano demais. Pobre diabo. Pobres diabos, todos nós. Ele vinha correndo. Ele gritava: a mulher dele, a mulher dele. Dele? Chamava-me porco, pérfido. Atroou o tiro, o corpo. Cor. Um homem da minha idade? Eu! O animal famélico. O que possuímos? Nada permanece. Tudo já nasce ruína. Aprender a aceitar a minha natureza. Respiro. O tiro. Caí. O mundo derribado. Minha vida toda era uma hora, um pedaço maciço de tempo contra a relva. Uma hora. Porque o sol ecoava o Citizen automático 21 jewels que fora do meu pai. O mundo era uma dor que saía. E ele me imolou a mim. A mulher. Aprendi. O animal famélico. O metal entra na carne. A novidade. O corpo. Oceano. O lugar ingente do corpo tangido pela relva. O lugar interminável do corpo. E ínfimo. O céu. Oceano. O chão. E digo: todos sabem que só há a terra. E respiro. A noite sempiterna. Todos se acovardam porque a vida é a maior covardia. Dia. Vi. Ávida vontade. Sangue refulge na relva. Cor. Palavras são médicos da raiva doente. Não quero. Meu deus. Piedade! Vejo o céu e vejo tudo – nada. Respiro ainda. Quanto tempo se passou desde que caí? Meu sangue jorra em honra de uma Afrodite campesina. O sol da manhã reverberou no metal. Respiro. Respiro! Dói. Sol. Meu. Medo. Deus. Não. Não há nada além de mim, depois de mim. Mais vale morrer de uma vez que sofrer todos os dias. O céu. Oceano. O chão. Eu.

LA REPRODUCTION INTERDITE

SCHNAPSIDEE Nº 9

Mas ninguém divisou a dôr sem termos
Que as fibras de meu peito espedaçava.
O exilado está só por toda a parte!

Luís Nicolau Fagundes Varella

Eu. *I me mine, conditio sine qua non,* dependo do outro – e vice-versa. Eu: depende do outro. Mortalmente. Imagens, tu e eu; em última análise: fantasmas. Sonho dentro do sonho. Não desvairo se digo tal coisa. Mas e se outro fosse o Narciso dilatado? E se essa matéria viscosa, essa geleia vibrátil que habita por detrás dos espelhos triunfasse sobre a lógica da reprodução e da repetição à qual é submetida?
E esta mixórdia, se não a leem?

Certa vez pensei: e se todo o meu sêmen masturbado durante banhos comezinhos, rejeitado ralo abaixo, emprenhasse esse esgoto vivo, essa horda satânica de baratas que fervilha sob nós? Hesitei um momento: tal premissa renderia narrativa escrita, sucinta e sintética, talvez com uma única ação e com pequeno número de personagens em torno de um único ou poucos incidentes. Não cheguei a escrevê-la. A voga não era essa. Ideei, portanto, narrativa que, preferencialmente, fosse ambientada no oeste da província de São Paulo da primeira metade do século XIX: um senhor de engenho decadente que, descrente do café, decide traficar negros ilegalmente; em alto-mar masturba-se e lança suas sementes no Atlântico, o que acaba por engendrar uma raça híbrida: homúnculos cujas cabeças refulgentes em forma de lâmina revelavam a mais repugnante ictiologia. E tive preguiça – engrossei o volume de textos que não escrevi.

Poderia falar de mãezinhas que exibem as bolas intumescidas e arroxeadas de seus bebês repolhudos recém-nascidos? Faz calor no outono e no inverno e meu pai me diz que sou imprestável, que com a minha idade já possuía casa, carro, mulher, filho e cachorro – eu apenas rio, com meu fígado flamejante, implodindo uma dor estelar até à obliteração de qualquer sorte de voluntarismo. Mentira. Quero ser galardoado. Galardão, meu estimado e estúpido leitor, é o prêmio, a honra, a glória que advém de mérito especial.

Sempre termino falando de mim mesmo. Seria possível escrever sobre outra coisa? Não quis ser profundo. Falo das minúcias, da autobiografia mais medíocre. Ontem perguntei a um amigo – quer dizer, não sei se é meu amigo, não que eu assim não o considere, todavia não tenho certeza acerca da reciprocidade; de todo modo, nunca fui versado no funcionamento desses maquinismos implicados no processo de se alçar um perfeito desconhecido a amigo; quanto tempo leva? Confesso que nunca fiz muitos amigos, ou não fui feliz no que diz respeito à conservação dessa afeição, dessa atenção que é requerida por uma pessoa com a qual se pretende estabelecer vínculo baseado no que chamamos sentimentos –, ontem perguntei a esse camarada se ele me amava, um desses colegas de quem nos aproximamos, por intermédio de uma empatia sempre enganosa, na primeira semana no escritório – não que eu tenha pisado alguma vez em qualquer espécie de gabinete em que se exerça isso que chamamos profissão –, ou em um ponto de ônibus, no mesmo horário todos os dias – não que eu mantenha qualquer tipo de rotina, se eu acreditasse em deus diria "deus me livre" –, perguntei a esse meu chapa se ele me amava, uma dessas pessoas com quem convivemos e a quem costumamos acariciar lubricamente – isto é, meu caro leitor apressado, de maneira sensual – os mamilos em um lugar público; esse meu companheiro, quase irmão, respondeu-me com um empurrão entre o terno e o agressivo. O amor tem disso.

Meu pai quis me expulsar de casa, mas mamãe me defendeu.

Jamais escrevi um texto sincero, independentemente do que isso queira dizer. Tenho sido rejeitado. Nenhumas editoras. Nenhuns prêmios. Não me compreendem – isso é um fato inconteste. E não me reconforta saber que aqueles hoje aceitos como grandes também foram refugados e ignorados.

A despeito de eu achar que passado e futuro são ficções, creio ser impossível o contentamento relativamente ao presente; gostaria de dizer, com uma voz troante, que se o gênero humano se contentasse com o presente, operaria a sua extinção paulatina. (Oxalá o gênero humano minguasse.)

Já passei por vários empregos. Inclusive já lavei louças na Antuérpia, latrinas na Suécia etc. – no entanto nunca transfixei nenhuma vulva. Eu, mimado e mendicante, às voltas com o suicídio – mesmo sendo o maior dos covardes, gosto de dizer a todos que sou um suicida; isso confere credibilidade irrevogável a tudo que faço ou deixo de fazer –, eu jamais fui compreendido. Por exemplo: quando prestei meus serviços àquela instituição que não era senão o quintal de um benfeitor, de um filantropo riquíssimo, um sinhozinho, um coronel que nunca tivera que trabalhar – que inveja! –, um senhor de escravos supersimpático e bonachão que empalava seus servos sorrindo e os fazia crer que aquilo era bom, quando alienava o meu tempo a esse distinto cavalheiro e à sua casa, em um belo dia – realmente belo, o céu se perfazia com um cinza escuro feito um pulmão, com nuvens rechonchudas e histéricas –, quando fui desviado de minha função primordial (e exercia outra, que me deixou com dores excruciantes no joelho e herpes), vi ninguém senão meu próprio patrão, que supostamente estava à minha frente, dirigir-se aos banheiros. Mas como poderia existir tal deslocamento multiplamente especular? Se ele estava à minha frente, como poderia estar entrando impávido em uma daquelas cabines nojentas para limpar o resquício de porra da calça de linho?

Sou só um trombadinha, afinal de contas. Um maldito maltrapilho. Minha presença incomoda, meu cheiro, minha postura, meu cabelo desgrenhado, minha barba vasta e sebenta. Como pude ser aceito em algum lugar? Como pude conviver com os homens? Eu só andava e andava, extraviado, bulia em uma coisa aqui, em outra ali, sem saber o que fazer exatamente, desacatava sem a consciência de que o fazia, não sabia quais palavras eram as mais adequadas, sentia-me sempre um inseto, alguém de quem tinham pena e nojo. Que sorte a minha haver tantas pessoas de bem, dispostas a estender mãos.

Esse malfadado texto pretendia tratar, desde o começo, dessas criaturas que invadem a paisagem, saídas de um pesadelo sépia, criaturas maldosas que impõem uma sorte de confusão do cenário, um abismo caleidoscópico, criaturas que não são, de modo algum, é tempestivo que se diga, humanas, creio não serem nem sequer constituídas de carne e osso, todavia se passam muito convincentemente por uma pessoa, criaturas a que não podemos nem mesmo chamar "o outro".

(Pois bem, o leitor, pressuroso, impaciente, burro mesmo, poderia, sem o menor prejuízo, passar do primeiro parágrafo a este último – o resto do texto não passa de parêntese improfícuo.)

Essas criaturas – chamo-as assim por mera inépcia, pois desconheço palavra que as nomeie mais adequadamente – afiguram, com sua presença diáfana, duvidosa e, em última análise, hedionda, uma espécie de avesso da morte. Peço desculpas se soo obscuro. No entanto me ocorre que tais monstruosidades, ao duplicarem isso que chamamos personalidade – são tão convincentes que me arrisco a dizer serem mais que um simulacro bizarro ou mesmo um corpo imitativo –, duplicam também uma ilusão. Ou, dito de outro modo, posto que repliquem uma presença, escarnecem de sua cessação, ou mesmo invalidam-na. Não sei de nada que seja mais terrível que isso.

Entretanto algo me apavora ainda mais.

Não foram poucas as vezes, creio já poder confessar sem que me considerem um perfeito parvo, em que, logo após deixar mamãe em um cômodo da casa, dei com ela em outro. Duvidei, assim como o leitor provavelmente o fará, de minha sanidade. Assim, piscava repetidas vezes os olhos e esfregava-os violentamente com os dedos, esbofeteava minha própria cara –baldadamente. A aberração se mantinha incólume à minha frente. Eu então dava meia volta e regressava ao compartimento de onde partira, apenas para comprovar, pasmo, que aqueles não eram efeitos de uma alucinação. Inicialmente, eu ia e vinha pelo corredor cor de carne podre, não podia crer. Depois, talvez resignado, questionava-me, evidentemente, acerca de quem era a pessoa primitiva e quem era a duplicata. Hoje, mesmo após ter tido a brilhante ideia de por os dois seres – se assim os podemos chamar – cara a cara, dou de ombros e desconfio jamais ter havido uma mãe primeva. Não que eu queira minimizar as sequelas da visão simultânea e aterradora dessas duas mães. No entanto, não é isto o que mais me terrifica.

O que mais me intimida é perceber que o meu isolamento se eleva, paulatinamente, a uma potência insuportável. Pois apenas o "outro" – não o que se encontra inopinadamente em um mês de fevereiro ao norte de Boston, em Cambridge, mas essa pessoa que pode ser, por exemplo, a sua mãe – é quem se vê ante um espelho vivo em que a escuridão borbulha como lava. Apenas o outro goza dessa xifopagia fantasmática, desse privilégio ante os privilégios. Lá vão a minha mãe e a minha outra mãe, recolhendo lagartixas secas pelo caminho, trauteando canções em línguas imemoriais. Já o meu pai se tranca em sua oficina com esse meu outro pai para dissecar pequenos bichos feitos de miolo de pão aparentados a gafanhotos com cabeças prateadas de tesoura. A realidade se adelgaça como uma folha – o outono é uma caveira canicular.

Sou só um vampiro, afinal de contas.

A NOITE, AO CRUZAR SUA ÚLTIMA FRONTEIRA

Com o dedo delgado alçado, ela irrompe na vigília e interrompe a treva viscosa que foge, como um préstito de baratas, para debaixo da cama. Ele se contorce, lança um bocejo tétrico à atmosfera azul resinosa do quarto, esgarça os olhos opressos sob o cheiro pesado da aurora que se insinua pelas frestas e, como incitado por maquinismo diabólico, erige espasmodicamente o corpo de esponja melancólica. Os quatro olhos se dissolvem, então, em um ósculo estranho. Os passos remelentos tartamudeiam até à cozinha – tropel de escafandros. As mãos quase chuvosas, passado o bulício sonâmbulo, abatem-se sobre o petróleo quentinho, espelho represado na porcelana.

Segunda-feira é o mais atroz dos dias.

Segunda-feira significa: quando ela se vai. Ele a acompanha – marcham os dois, bamboleando bocejos, arrastando os passos, os braços muito vastos. O dilúculo é tão lídimo que é mesmo uma noite inacabável noite boiando narcótica sob as pestanas. Quando estão juntos, quase não são fantasmas.

A cidade está só e é um corpo seco irremediavelmente só, pois o que vem depois é outra coisa o que vem é o disco solar o que vem vindo como uma polidactilia saída do abismo mais intolerável, o sol de papelão que funda outra cidade uma cidade por cima da outra um simulacro acre hiperbolicamente álacre uma metrópole aberrante, melhor agora, a cidade antes da cidade, cidade azul gris, ainda há lugar para a suntuosa escumalha para a iluminação para o martírio inocente e celebratório do silêncio. Melhor agora, essa aridez pulsante e ensombrada.

Vão os dois. O útero da madrugada, isto é, a rua, é o lugar onde a vida vibra. As casas, muito rasas, quase dissolutas, aprendem asmas, o dia se anuncia com volutas de miasmas no horizonte tal qual cicio de pássaro sem asas. O dia se anuncia e eles se apressam. Segunda é o dia em que ela parte. Ele leva lacaio as malas, ela desliza tão princesa, ele sem presteza se despede mudo transfigurando a paisagem, isto é, tecendo poemetos com dispneias.

Segunda-feira significa: quando ele se torna espectro completo. Porque ela vai embora. Ele a acompanha. Vem uma carruagem apocalíptica e a apanha. Há o adeus desengonçado azafamado o carro não espera – mal para –, ela sobe e se vai o pranto instilado se converte em riso informe e bem acabrunhado. Ela se vai tão fluida com olhos de córrego cabelos de zéfiro. Ele retorna sozinho a casa sem nenhuma sanha. Bonifrate estrambótico, invisível.

*

O caminho de volta é uma esteira rolante com o cenário exânime em derredor – um ruído branco, um fenômeno radiofônico. Ele é a assombração que anda. Os mendigos começam a se recolher e não o veem. Ele, mãos de água-viva e olhos de ostra, corta o ar de cima a baixo com o seu solipsismo. Um polvo petrolífero lhe escorre pela cara – e nem os vira-latas o veem. As árvores de breu parecem tocar o céu com o seu serpentário de raízes. Ele assovia uma canção ancestral – ninguém ouve o alaúde contristado dos seus beiços.

Os primeiros barões do dia passam com suas locomotivas refulgentes – são eles que puxam a cidade ensolarada, ofício herdado de Apolo. Os barões correm sulcando o asfalto, são o sangue da cidade. Se toda a verdadeira hagiografia que habita a noite, essa chamada escória que habita a noite, esses seres altíssimos pejados de noite que palitam os dentes da cidade, se todo esse povo de párias não sai do caminho, os barões, com seus rolos compressores último tipo, fazem salsicha dessa gente formidável.

Há ainda uma nesga bem negra maculando o firmamento, uma espécie de nuvem carregada contra o horizonte que já se descara, demasiado cintilante. É para lá que ele se dirige, acossado.

Ele cruza uma rua, dobra uma esquina, envereda pela viela soturna, segue por uma travessa suspeita, atravessa um muro, vence um terreno baldio, demora-se pelos jardins insuspeitos extravagantes, alcança a avenida principal, perde-se voluntariamente. Ninguém o vê. Há esse burburinho matutino, pequeninos camarões que dançam em derredor da luz enevoada e palpitante, esse espertar irrestrito dos seres e das coisas – mas ele é invisível. Por vezes o cimento vacila: em um piscar de olhos se dissolve e todo o subúrbio se transforma em uma flor glutinosa, em um tigre ingente feito de tijolos e argamassa. De presto tudo volta ao que era, arquitetura insossa e ofuscante.

Já bem perto do lar, ele divisa a nódoa caliginosa nítida, uma coluna de alcatrão que divide a atmosfera, um relâmpago negro parado silente. Essa zona desalumiada parece nascer de um ponto, ou convergir para o mesmo: um casebre dois quarteirões adiante, desafiando a alva, fixo na noite com suas paredes feitas de sombra.

Essa casinha ínsita no imo de um ímã misterioso, esse istmo esquisito esquecido entre a vigília e o sonho, é uma espécie de espelho vivo, é bom que se diga logo. Uma dessas edificações rudimentares, às quais não se presta nenhuma atenção, pelas quais se passa distraidamente, tão incrustada na paisagem comezinha que mal se pode distingui-la. Essa casinha, com apenas dois metros de frente, metida entre outras casas maiores e mais vistosas, contesta espaço e tempo. Ninguém a vê, mas ela está ali. Não se pode dizer que resiste, porque nada e nem ninguém objeta sua permanência, a despeito do entorno impermanente. Essa casinha é um monumento à inércia, a lembrança importuna de que o famigerado progresso é uma tentativa baldada de o gênero humano dissimular, sob camadas – ou melhor, avalanches – de quinquilharias, o último e inexorável pélago. Só há um progresso, e é em direção ao nada. A estagnação – tão ou mais pujante que o movimento – aviva, entrementes, a insignificância das coisas; o desespero, que advém deste reconhecimento, é o pai do progresso.

Ele caminha. Passa pelo casebre ensombrado e, a despeito de uma comichão esfíngica lhe perpassar as fibras todas do corpo, abrandando-as até ao tremelique, como que indicando a necessidade enérgica da paragem, não para, apenas desacelera. Seu olhar percorre o interior penumbroso, haurindo voraz o que encontra: azulejaria portuguesa trincada janelas e portas diminutas carcomidas uma pilha de cadeiras muito velhas estranha escultura viva o corredor que levava aos fundos de onde parecia nascer toda a treva – e, por último, metido no ângulo entre o portãozinho e a parede, escapulindo por um triz do negrume pleno, o pesadelo calcinado. Integrando-se à estrutura, o mármore sentado despede uma onda frígida de breu. Figura diluindo-se terrivelmente no silêncio podre, uma punhalada de luz leitosa do poste defronte desvela seu vestidinho puído estampado de florzinhas, manequim hediondo corroído pelas cãs, um arrepio imemorial crispando permanentemente a superfície álgida, a expressão esgazeada alabastrina, a boca esculpida em convulsão nojenta, as mãos cruéis truculentamente imóveis, estátua decrépita, coisa abominável, a cabeça vetusta plasma o abismo, a crisálida oca da cara quer vibrar, quer cuspir, quer vomitar, parece que vai gritar, parece que vai sussurrar um arcano aterrador, um estertor mortal franze-a toda – ela baba profusamente, tinta de polvo. Ela, a velha mais velha que o mundo, apenas espera; seus olhos palpitam como um coração e encontram, no derradeiro momento, os dele, que já pisa um pé na calçada da próxima casa. Os olhos da velha piscam como uma estrela morta. Ele retoma o ritmo, quer correr, mas sôfrego só engole as perenes pérolas de ar noturno que insistem em pejar a aurora.

FANTASIA

Monólito de âmbar marchetado no cenário de papelão: chama-se a isso casa (ninguém a vê, mas ela está ali). Uma ilusão, um truque de perspectiva. Mais: anamorfose. Uma casinha encravada no meio das árvores cabeludas como pulmões negros, dos arbustos copiosos como golpes de vassoura flamejante – todas as linhas convergiam para ela, com seus olhinhos de vidro, com sua porta encarquilhada ressumando saliva. O terreno módico forcejava espremido contra os prédios novos lívidos – no centro, o casebre meio oculto pela pestana da vegetação hirsuta. Uma mancha metafísica no coração do escuro: chama-se a isso casa. Enquanto a cabeça decapitada do sol sangrava, era invisível; durante a noite, entretanto, irrompia da letargia luminosa da vigília, assomava da caligem como uma besta meneando a juba. A mureta ínfima não opunha resistência alguma à curiosidade; o portãozinho pendia troncho de um gonzo só. Quando a lua vertia seu leite esverdeado, era quando os passantes a notavam; dardejavam olhares incrédulos, uns mesmo protelavam a pressa, quase paravam. Por detrás das lentes baças da janela passavam fantasmas resinosos, amarelados, feitos da luz vacilante da vela, vultos prismáticos, irisados, monstros saídos de uma lanterna mágica. A porta farfalhava entreaberta, a folhagem vasta rugia fustigada pela ventania, o telhado gargalhava com sua dentadura podre. Duvidava-se, entrementes, de que ali morava alguém. O verdor abundava impossível, multiplicava-se cintilando, derramava-se como petróleo por sobre o quadrilátero exíguo. Um caminho se estendia como um lagarto desde a rua, exibindo repimpado o mosaico tosco de suas escamas. Um calafrio costurava a pele de quem se demorava ante aquele umbral – retomava-se a marcha, sacudia-se a cabeça, capinava-se a remela de alumbramento do canto dos olhos. Havia, no entanto, quem se aventurasse pela trilha ladrilhada. Por que não? Por que a ideia de adentrar aquele território esconso comumente se afigurava tão repugnante? É, inclusive, necessário perguntar: por que fugir de algo que é demasiadamente da nossa conta?

Não seguiríamos todos, cedo ou tarde, em direção àquela porta roída pela carcoma imemorial? E ver-se a si, mal e mal, aprisionado em um espelho fraturado... E duvidar da possibilidade de se dizer "eu sou", e tremer ante o sorvedouro outrora ocultado sob a alfombra! E engolfar-se nas sombras, no medo, no monturo das nossas vidas.

*

Bruno ostentava a bólide de sua cabeleira entre tímido e petulante. Catarina encorajava, enaltecia – quando o assediavam, quando, na escola, chamavam-no "cabeça de arbusto", ela o defendia, achincalhava os agressores. Ele afetava desprezo, não dizia palavra, revirava olhos, mas se entristecia no fundo. Se a coisa ficasse feia, caso não bastasse a ofensiva espirituosa de Catarina, que não economizava nas palavras difíceis – "são primatas anencéfalos" ou "mentecaptos impertinentes que expressam sua inveja por meio da truculência" –, Sig, o *gentle giant* teutônico, rosnava e arregaçava as mangas. (Sig era um enigma: atendia a todos os requisitos para estar entre os mais populares do colégio, despertava paixonites nas meninas mais bonitas, todavia falava pouco ou nada e escolhera, sabe-se lá por que motivo, andar com os esquisitões.) Catarina ocultava as duas opalas maravilhosas dos olhos sob os aros grossos dos óculos, era a melhor aluna da sala, mantinha o nariz aquilino sempre elevado, encarava os colegas sempre com desconfiança e arrogância; Bruno se interessava por civilizações extintas, pela epopeia de Gilgamesh, por nebulosas e supernovas, era magrelo e usava sempre uma camisa camuflada puída que herdara do pai, independentemente do calor que fizesse.

Certa vez Sig fora suspenso por ter quebrado o nariz de um almofadinha que chamara Bruno "macaco". Bruno ouvia Tracy Chapman; Catarina gostava de Stravinsky e Palestrina; Sig curtia sempre o mesmo disco de Nick Cave & the Bad Seeds.

Bruno e Catarina tinham quinze anos. Sig tinha dezessete.

Em uma aula de Química, Cassandra cochichou inopinadamente no ouvido de Bruno: "sabe da namorada do capeta? A que dançou com o sete-pele? Dizem que é uma lenda urbana – e se riu rouca com a cabeça convulsa – eu digo que é a mais pura verdade. Fodeu com o cão no meio do salão. Que foi? Sua mãe nunca contou que não foi a cegonha? Eu digo: visitei o túmulo dela. Sim, sim, está lá. Aqui. Na nossa cidade. Sim. No cemitério. Múmia. Não apodrece. Ela sorriu para mim".

Bruno, Catarina e Sig, a despeito de serem considerados estranhos, tinham uns aos outros. Cassandra era solipsista, passava sozinha os recreios, raramente falava com alguém, o cabelo desgrenhado, as roupas sobrepostas como exoesqueleto bizarro, o batom borrado – chamavam-na "bruxa", "sapatão", "mulher barbada" –, tinham medo, ojeriza.

Bruno comunicou aos amigos o que lhe fora segredado; inquiriu: "que tal?", ao que Catarina respondeu: "essa menina é doida, não dá para levar a sério o que ela fala". Sig apenas suspirou, pestanejando morosamente. Bruno insistiu: "Cassandra disse mais: que isso foi há muito, que a moça saiu para dançar na quaresma – Catarina retorcia a boca enquanto Bruno a olhava apertando os olhos, posto que esperasse exatamente esta reação –, a moça saiu contrariando as ordens dos pais, foi cortejada no salão por um cavalheiro encapotado, de chapéu, mal dava para ver o rosto dele" e Catarina interrompeu: "que bobagem, quanta ingenuidade, essa é boa, essa é velha! Não passa de parábola para desencorajar moçoilas. Não vê?", "Eu sei – disse Bruno impaciente –, ela falou também que a moça transou com o dito-cujo; claro que isso tudo é balela, mas o corpo incorrupto, exposto em sepulcro de vidro: aposto que vocês já ouviram essa por aí; Cassandra disse que a defunta sorriu, e que há mesmo dias em que chora, um choro insuportável, que pode levar quem o ouve à loucura – Bruno fez pausa acintosa; Sig engoliu em seco –, acho que deveríamos ir lá ver; vocês não têm nada melhor para fazer na sexta à noite". Catarina assentiu, não sem antes discursar sobre as impossibilidades de haver um cadáver que sorrisse ou chorasse, ademais de deixar claro que só participaria daquilo pela peripécia e porque os dois meninos precisariam de alguém inteligente por perto. Sig declinou da proposta prontamente – Sig era um brutamontes, maior que qualquer um de sua turma, até maior que os mais velhos, impunha temor e sabia disso, o corte de cabelo militar, os músculos incomuns de ajudar o pai na oficina, sabia que bastava franzir o cenho para enxotar qualquer encrenqueiro, evitava sempre o confronto físico (todavia não negava fogo); era, ademais, o perfeito covarde. Bruno avisou: "Cassandra disse que a morta só chora à noite, ou seja, vamos ter que invadir o cemitério e arrombar o mausoléu", ao que Sig respondeu com um gemido sôfrego (e ridículo, diga-se). "Não sei explicar, não é do meu feitio, mas eu preciso ir", completou Bruno, "vocês me acompanham, não é?".

*

A casa de Catarina era enorme, um coração gélido azul de baleia, com seus corredores sombrios como artérias, com seus aposentos como infartos. A mobília, sob camadas antediluvianas de poeira, parecia de parafina, um adorno infausto e descabido, um adereço ao mesmo tempo extravagante e vulgar, quinquilharia cenográfica, sofás e canapés que aparentemente cederiam caso alguém se assentasse neles, armários que guardavam nada, estantes abarrotadas de livros ocos. Delírio mórbido batido por uma luz perenemente azul-petróleo. Os pais dela nunca estavam. Bruno e Sig frequentemente encontravam lá, após a saída da escola, o abrigo das tardes calorentas e lânguidas; debandavam apenas quando se efetivava o regicídio do astro.

Houve o dia em que Sig caiu doente. Culminação genial e obscura de contingências primaveris. Bruno e Catarina rumaram inopinadamente calados para a casa dela. Ele insinuou que não ficaria; ela caçoou, insistiu, lançou seu tentáculo firme e afetuoso e puxou-o pela cintura; assim cruzaram o portão e o jardim estranhamente colados um ao outro; separaram-se para subir os degraus que levavam à porta monstruosa. Palacete ósseo encastoado no subúrbio fervilhante: a isso se chama casa.

Almoçaram sofisticadíssimo restolho requentado. Os talheres ressoavam, tilintavam continuamente pelo cômodo, pungiam os tímpanos. Os pássaros lá fora faziam algazarra. O casal ouvia, constrangido, as mastigações, as respirações. As torneiras do mundo gotejavam no silêncio de porcelana. Seria a ausência de Sig? Mas ele era sempre tão quieto. Catarina mesmo abriu a boca algumas vezes tencionando falar, porém as palavras perdiam--se, ariscas como aranhas. Bruno fixou no prato o olhar, muito interessado em como os ornamentos do mesmo, suas ranhuras portadoras de uma história familiar, iam se revelando paulatinamente conforme metia na boca a comida, muito cativado pela forma repugnante que esta, vista de bem perto, ia assumindo ao ser manipulada, pelas figuras que as borras, os restos compunham contra o fundo branco.

O som úmido da deglutição cessara. Catarina pigarreou – Bruno brincava languidamente com as rugas da toalha quando o som gutural o arrancou da modorra. As cabeças se alinharam afinal, os olhares amalgamaram-se; as feições embotadas de borracha derreteram, as carnes latejaram descobertas; era a morte que se avizinhava? Era o peso opaco da imortalidade que desabava sobre as escápulas esqueléticas daquelas crianças? As falanges se tocaram – mais: os ossos, como adagas leitosas, procuraram pela algidez elétrica que eram as mãos, uma fenda onde pudessem nidificar. A morte, com efeito, se aproximava (somente isso poderia explicar o frio repentino). Por um momento comprido a razão não falseou o testemunho dos sentidos. Como um espelho ante outro espelho, Catarina e Bruno se abraçaram. As madeixas dela como um rio macio parado sobre os braços dele. A fronte dele como uma cálida pedra lunar contra o peito dela.

*

O plano era o seguinte: para todos os efeitos, dormiriam na casa de Catarina. Bruno ficaria responsável pelas lanternas. Sig, pelo pé de cabra. Assim que os pais dela se enfurnassem em seus sarcófagos – e isso acontecia sempre por volta das 22h00 –, eles sairiam.

A noite quente engolia-os como um útero. Iam afobados, esbaforidos, ombro a ombro cruzando calçadas estreitas. Sig tremia e suava profusamente, parecia ser o único que realmente cria na defunta chorona ("Sigmund, faça-me o favor!", escarnecia Catarina). Quem visse os três assim, em marcha urgente e ao mesmo tempo hesitante pelo lado escuro da rua, talvez concluísse: a vida, com efeito, não passa disso – passatempo adolescente.

O muro do cemitério não impunha nenhum desafio. Sig, antes de passar para o outro lado com dois ou três movimentos agilíssimos, ajudou os amigos na escalada com o desvelo de sempre – Bruno, dado que fracassara, aceitou a assistência meio desconfiado, visivelmente decepcionado por ter Catarina como espectadora da sua inabilidade.

O vigia letárgico mal e mal deixava a sua cabine. Situada em uma das duas entradas laterais, à direita de quem entrasse pelo portão principal, era talvez o único abrigo, mantido a duras penas, da assolação das baratas. Bruno e seus comparsas se infiltraram sorrateiramente pelo lado oposto; era possível divisar, ao longe, o débil lume bruxuleante através das janelas ensebadas da guarita.

Logo sentiram a pujança da entomologia nojenta. Os blatídeos enxameavam. Pelo ar, pelo chão. Sig tinha pavor – foi preciso que Catarina o refreasse a todo tempo, inclusive suprimindo, com sua mão gélida, a boca abismada do grandalhão. Ela pedira aos meninos que mantivessem os fachos apontados para baixo. Todavia Sig, posto que uma barata pousasse em seu ombro, acabou dirigindo, por conta do chilique, o feixe de luz para o posto do sentinela. Não tardou muito e o mesmo deixou o refúgio, farolete em riste, apito estrepitoso como sal na cóclea da noite.

Apesar de Catarina ter ordenado o desligamento das lanternas e a ocultação, de cada um, por detrás de uma lápide, não foi difícil para o segurança encontrar Sig, que não conseguia reprimir os soluços e os gemidos – os insetos roçagavam seus corpinhos castanhos achatados por suas canelas, fincavam-lhe na pele as perninhas peludas. No entanto, ao ver Bruno, que, solidário, abandonara o esconderijo, o vigia largou o braço de Sig e apenas sussurrou: "vocês são esperados", indicando, com um movimento sutil de cabeça, o negro mausoléu adiante – sobre seu pórtico monstruoso lia-se: "Padres Estigmatinos".

Os cadeados estavam abertos. Através do portão vazado se via o cadáver. Majestática defunta – como se pôde crer que fora maculado pelo diabo aquele corpo? Não era aquilo um portento?

A lixívia violenta do relâmpago destingiu o céu, que de azul quase negro foi a lilás; o trovão deflorou o ar como uma trenodia atroz e eterna. As crianças, doces crianças extraviadas, hesitaram ante o umbral. Por que a ideia de adentrar aquele território esconso se afigurava tão repugnante? E engolfar-se nas sombras – a sede de mitologia do gênero humano, é sabido, prevalece sobre a crua ridicularia da vida.

Bruno cruzou a soleira e se dirigiu até ao sepulcro vítreo. Atrás dele, o tempo desenhou desleixado rastros sobre o solo empoado. Catarina e Sig o seguiram. Ali estavam afinal – eram aguardados?

Era pulcra, a morta. Os três não souberam se era devida a emenda do pensamento: era linda quando viva ou era linda ainda? Os olhares arregalados fixaram-se na epiderme íntegra; consternaram-se. Estava viva! Lasciva lividez! Não demorou muito e abriu os olhos, a donzela. As pestanas recolheram-se tiritantes e logo revelaram pupilas plúmbeas. Os lábios, a um tempo asquerosos e lúbricos, abriram-se a custo, como fossem movidos por engrenagens enferrujadas – um líquido pardo pastoso escorreu por eles até ao pescoço de alabastro.

Um ruído surdo, rouco, como que vindo das profundezas da terra, rompia a barreira hialina, uma espécie de cicio gutural, aparentado ao guizo da cascavel, invadia os ouvidos de Bruno, Catarina e Sig. Eles queriam correr, lançar-se no esquecimento mais anestésico, mas era como se no lugar de músculos e sangue houvesse apenas bruma e treva. A morta, então, escancarou o buraco negro da boca, o terrível gemido ficava, a pouco e pouco, mais alto, um arroto bizarro. O ambiente rescendia já a urina. O grito, como um golpe de machado elétrico, abateu os viventes. (E era como vissem a si mesmos, mal e mal, aprisionados em um espelho fraturado.)

PILAR DA PONTE DE TÉDIO

Quando cheguei ao jazigo – é verdade que eu o tenha buscado, no entanto foi terminante a minha completa assimilação pelos seus habitantes – recepcionaram-me com festas. A sibila segredou-me tempo depois: já esperavam por mim.

Não haveriam de ser menos que felizes, os meus primeiros dias lá. Porque minhas expectativas, as piores, não foram correspondidas. Sim, pois não agrada a ninguém a ideia de se ter a rotina assim transtornada. A mim muito menos. Há os que lidam melhor com isso; não é o meu caso. De modo que me agastava demasiado o conhecimento da inevitabilidade de meu destino. Protelei o quanto pude. Meus recursos, entretanto, dissiparam-se.

Decerto desejei – misto de covardia e fastio – partir, deixar a minha vida, ainda que o tenha feito irrefletidamente, em momentos de precipitação e desalento. E não é, em absoluto, estranho que alguém seja acometido por tal furor. Quem nunca, tamanho o desespero, quis se abismar em trevas? De todo modo, a minha ida ao jazigo dependeu, essencialmente, da necessidade.

Os olhos de S. – os olhos de S. eram fogo puro e sangue. S. me amou desde a primeira palavra. E quando tentou me arruinar, fê-lo por amor. Em verdade, foi S. quem me recebeu, quem me abriu os portões do jazigo. E eu então lhe disse: sou o vate, venho de longe. A despeito da presunção com que me apresentei (e da vulgaridade implicada na maneira como o fiz), causei-lhe impressão. Talvez já me esperassem de fato. Talvez S. já tivesse mesmo fantasiado a meu respeito.

Ademais de o afeto violento de S. me abarcar maritimamente, no jazigo me deparei com uma estrutura familiar: tentacular, antediluviana – perene.

A rivalidade e a amizade devotada, em nada antagônicas, de K., superintendente do departamento de memórias, colocaram-me em posição privilegiada. Seus arroubos de ciúme e seu consequente alheamento fizeram com que S. se aproximasse ainda mais de mim – e estar perto de S. garantia alguma imunidade. Já a estima que K. nutria por mim, aliada à sua inveterada paranoia, moderava minha puerilidade.

Os conselhos precisos da Sibila nos alentavam nos momentos de prostração; sua presença ostensiva nos mantinha alertas. Já a apatia monástica de V. encorajava a letargia e o pessimismo – a mim, particularmente, a impassibilidade de V. se afigurou condição ideal para que eu lhe confessasse meus temores, e também meus arrojos, sempre baldados.

Eu não atuava senão como uma espécie de conciliador, o que acabou por exacerbar afinidades e por franquear o até então latente despotismo dos Efes: F. K., F. J. e F. H.

Entrementes F. H., o mais astuto dentre os Efes, tratou de pintar como messianismo a minha coadjuvação; não tardou que essa ideia fosse sussurrada aos ouvidos de F. J., o mais viperino dos Efes.

Por vezes o relato poderá soar contraditório ou hesitante – porque o é, com efeito –, mas convém ter em mente que o modo como me incorporaram ao jazigo recalcou toda e qualquer sorte de capricho. E talvez meus próprios camaradas me vissem como uma espécie de redentor. A verdade é que tudo era parte de um plano.

No começo ainda me era permitida a saída – limitada aos jardins desolados, convém lembrar. Depois, tão logo os meus serviços foram considerados indispensáveis, tornei-me um interno. Espontaneamente. Pois tanto me incensaram, tanto preconizaram meus feitos, que cedi – sou vaidoso, confesso. E também ingênuo. Muito do que vivi antes de chegar ao jazigo foi decisivamente obliterado em poucos meses; meus costumes foram deturpados e minha inteligência, emaciada.

Em uma segunda-feira de agosto – nessa época eu ainda contava os dias –, a sibila nos mostrou como conseguira que sua sombra tomasse seu lugar durante as abluções matinais, evitando assim o desprazer das sondagens minuciosas de F. K.; disse-nos, ignorando nosso pasmo, que se tratava de coisa corriqueira, que ainda não nos pusera a par de tal manobra porque não julgara tempestivo. Posto que um melindre fosse sobrelevando paulatina e inopinadamente meus dias, pedi-lhe que me treinasse nas artes da projeção.

F. K. é uma boa pessoa, como dizem. Um grande coração, como dizem. E, portanto, extremamente manipulável. Nem sequer pestanejou quando ordenou que apressassem o meu total esquecimento. F. K., por meio de uma de série de transações escusas e sórdidas, transformou o jazigo em seu quintal particular (convém dizer que são recentes, na história do jazigo, as hierarquias, talvez porque sempre prescindíveis – em quaisquer lugares, mas sobretudo no jazigo). Contudo é escusado tentar distinguir quem seja o senhor supremo do jazigo – acho tempestiva a figura do Cérbero, ou até a da Hidra. Considere-se o meu caso: foi F. H. quem fundou a conspiração; sua astúcia é tamanha: ao mesmo tempo em que encetou a desgraça do meu nome, tirou seu corpo fora, de modo que pareceu a todos, a princípio, que o meu algoz não era senão F. J.; por outro lado, F. J., expedito, tratou de encaminhar minha condenação; somente ele, afetadamente servil e loquaz, lograria que, em tão pouco tempo, F. K. passasse, relativamente a mim, da admiração à inimizade; já F. K., demasiado ovante, era o único dos Efes com disposição para tomar decisões publicamente.

Quando pude presumir que tramavam contra mim, acorri à Sibila sem hesitar. A ela, disse sorrindo: que eu sabia que muito em breve as línguas não cortariam mais o meu nome, ao que ela respondeu inabalável, mirando fixamente o ponto atrás da minha cabeça na branquidão infinita: que já me aguardavam desde há muito. E quando lhe dei as costas para sair, pude ouvi-la resmungar: que o fogo somente crispa a pele do céu porque converte a madeira em plumas. Depois entendi que a procurei não por medo, mas para confirmar uma obscura hipótese. Com menos afoiteza, fui ter com S. no dia seguinte. Deitei--me ao seu lado em seu compartimento e não fiz mais que fixar meus olhos nos seus. Quando deixei o recinto, beijei-lhe as duas faces. Ouvi-lhe de longe os soluços e primeiro conheci que: havia ainda em nós algum traço humano. E então um entendimento se insinuou intrincado e terrível. Com o passar das horas, um ingente "talvez" lançou sua sombra pesada sobre mim.

Na tarde cinzenta de uma sexta-feira, dei com K. inesperadamente. Não dissemos palavra – não foi preciso. K. fez com as mãos sinal claro: todos nos poderiam ouvir. Pouco depois, passei-lhe pela fresta um bilhete em que se lia: "não me esqueça". Sei que me arrisquei. Não obstante somente assim pude saber que tudo não passava de um procedimento corrente. K. me segredou, por meio de uma série de mensagens criptografadas, encabeçadas todas pelo aviso "queime depois de ler", que o processo de esquecimento era levado a efeito de maneira arbitrária; já a imolação imposta, apesar de indispensável para que o mesmo se cumprisse, transformara-se em um instrumento, parte de um aparato que se ia constituindo para afirmar e ostentar a autoridade de F. K..

No dia em que minha imolação foi formalmente anunciada, procurei por V.; disse-lhe que finalmente eu encontrara uma maneira de escapar. A pergunta que troou atroz, entretanto, não foi "como?", mas "por quê?".

S. alertou-me: era temerário o meu desígnio, e intercedeu junto a F. K. em meu favor – eu seria executado dentro em dezoito dias, o dobro do prazo original. S. teve esperança: que eu pensasse, que ninguém nunca retornara do jazigo, que o que houve antes era agora um fantasma só.

V. tinha razão: no frigir dos ovos dava tudo na mesma, tudo era vão. De todo modo, não recuei – já me confessei vaidoso. E quando F. J. me lançou à fogueira do oblívio, era só uma casca que ele arrojava, um bonifrate. Já do lado de fora, conheci que eu era então uma lembrança que andava e respirava. E viram-me as gentes, e não me conheceram; meus pais e irmãos e filhos fugiram aterrorizados. De maneira que vigorava o espanto aqui e lá, agora e antes. Porque, compreendi, não pode haver memória do que é, apenas do que foi.

MULTIPLICAREI GRANDEMENTE A TUA DOR

Ouço os fiéis. Queria tanto participar da procissão, mas mamãe disse: minha vez era chegada. A aragem enfuna a barriga sangrenta do fantasma, vislumbro através dela frondes vespertinas. Até que não me sinto tão sozinha sentada na cadeira de balanço da Alma. Entreouvi, dia desses, mamãe contar a ela que aqui na praça se enforcavam os escravizados e os criminosos antigamente, e que a capela ocupava o centro de um cemitério. Pude escutar Alma benzer-se freneticamente quando mamãe disse se lembrar da época em que ainda achavam ossadas nos terrenos vizinhos.

Não tenho medo. Mas confesso que estar só me inquieta; na verdade estou eu – e ele. Porém é como não houvesse mais ninguém. Tentei tricô e leitura baldadamente. Quis, com impaciência, andar pela casa e me contive. Agora balanço na cadeira da Alma. Oxalá ela e mamãe cheguem antes do jantar. Fui preparada para isso desde sempre. Apoquento-me ainda assim.

São raros os pretextos que temos para sair de casa. Toda nossa vida é devotada a ele. Acordamos sempre bem cedo; antes de lhe prepararmos aparatoso desjejum, oramos ajoelhadas ante a pequena ara, sob o crucifixo austero. Da manhã à noite (por vezes à madrugada), nossas atividades se dispõem de modo a atender-lhe as necessidades. Passamos o dia entre saciar-lhe a fome infinda e cuidar da casa; entremeando-o, nossas muitas preces. As paredes e o mobiliário em tons de encarnado sugerem vida. Evidentemente a rotina não é tão pacata. O ocaso é o momento mais atribulado do dia. É quando mais rezamos, incitadas por mamãe; alguns pais-nossos evitam que eu afigure uma boca que corresponda aos urros, uma boca babenta, imensa, que nos engolirá a todas.

Desfrutamos de alguns momentos de descontração até que nos recolhamos. De vez em vez mamãe permite que eu leia outro livro que não a Bíblia – não sei se deveria dizer tal coisa, mas são as noites de que gosto mais.

Afinal me acalmo. Não seria nenhum pecado ler, aproveitando que mamãe e Alma não estão. Mas a estante fica na sala; sinto que algo estorva minha ida até lá: espécie de receio (decerto não sinto medo), frio estranho que me entesa os músculos. Eletricidade obscura que se confunde com a brisa. Talvez deva fechar a janela. Nossa cozinha, apesar de ampla, possui só essa entrada de ar, aberta no alto, que dá para as árvores da praça. Levanto-me e cerro-a. As cortinas morrem. Sinto-me melhor. Nunca ficara sozinha em casa, digo, sem mamãe e sem Alma.

Jamais me desassossegou a ideia de que eu ignorava-lhe as origens; seria ele um parente? A julgar pelos resmungos guturais, pela cama rangendo sob as convulsões, ele deve ser enorme. Quando tinha menos idade, perguntei à mamãe como era a face de deus; ela respondeu-me que jamais saberíamos.

A luz bruxuleante é terna recordação da infância, que ora se presentifica importuna. Na sala a iluminação é mais abundante, ademais lá estão os livros. Se bem que dentro em pouco começo a cuidar do jantar. Hoje ele esteve particularmente agitado. Posso ver a porta vermelha daqui – jamais eu a transpusera. Sinto, pelos vãos, as trevas misturadas ao cheiro de fezes; mamãe me advertiu que qualquer luminosidade o atormenta. Nunca o vi. Tudo o que sei é que ele come sofregamente e que não se levanta do leito para nada. Será que tem nome? A voz dele, muito grave e pastosa, nunca me alarmou; também nunca me perguntei por que ele só guincha e engrola. Nunca me alvoroçara a sabedoria de que havia vida por detrás daquela porta, alguém sem nome nem rosto, que eu nunca vira e que, todavia, existia. E não só existia: era a razão das nossas existências.

Minhas mãos tremem picando os legumes. A peça de carne quase pulsa na iminência da lâmina, porejando o sangue escuro que escorre pela pia, moroso fio em direção ao ralo. Enfio a faca transversal no tecido vermelho. Uma contração involuntária me faz desviar o olhar, meus pelos se eriçam. Sinto a frialdade penetrar na fibra dura do dedo indicador. Quase grito, mas me lembro: não posso acordá-lo. Mordo o lábio. Introduzo a falange na boca, paladar metálico. Não posso me demorar. Logo ele desperta e uiva. Mas penso e reprimo o corte que desbeiça a mole massa carmesim, dando forma ao bife. Mamãe nunca me deixou ir à escola, instruiu-me em casa, assim como fez com a Alma. Nunca encorajou questionamento. Mal me lembro da cara dos vizinhos. Talvez faça um mês, ou mais, que não saio daqui. Antes íamos à capela. Hoje, nem isso. Fomos tão engolidas por nossas vidas (e nem sei que feição tem a minha) – mamãe certamente desaprovaria essa conclusão. Todos os dias o mesmo.

Ouço os carros ruidosos. Por vezes não consigo imaginá-los. Sei das rodas, da fumaça e não consigo ajuntar tudo em uma imagem. Será que conhecerei minha vida lá fora?

A curiosidade é sempre intempestiva, mamãe diz. Morro de medo de ir ao jardim. Quando fui à padaria com Alma, quis encarar um moço nos olhos; tentei e quase desfaleci, doeram-me os ossos, voltei zonza a casa. Medo é coisa sacrossanta. Preciso me apressar. Minha vida deve ser esse bife lânguido, sanguinolento. Tiro da peça uns filetes. Ele gosta mal passado, sangrando. O sangue do meu dedo se mistura ao da carne nojenta. Penso que deveria lavar as fatias; porém não o faço. Meu sangue. Mamãe nunca me explicou por que sangro. Será que ela e Alma sangram também? Vi no cesto de lixo papel empapado de vermelho. Mas essa cor satura tanto a rotina; muita vez achei estranho que o céu não fosse sempre abrasado. Quando sonho que estou fora, o que é raro, tudo é vermelho. Uma vez vi um borrão furta-cor pela janela da sala: saracoteei medrosa, pasmada, nunca pensara que poderiam existir tantas cores; mamãe disse depois que era um beija-flor. Supus ser mais coerente pássaro rubro como rosa.

Ele espertou. Jamais os grunhidos me inquietaram assim. Dirijo-me à porta. O talher tilinta na bandeja. A maçaneta gira livre e turba meu pulso. A claridade da cozinha se mete temerária. Ouço o estrondo da bandeja, do prato se partindo. Diviso (deus meu!) o monstro – e mais nada.

EM LUZ IRREAL

Uma bolha cheia de ausência, os corredores gosmentos da apatia. E muito medo, sabe? Uma coisa que parece catarro. É ela. É ela! Todos desconfiaram. Para mim é sempre ontem. Rangendo os dentes, gritando primal. Não é tudo isso, não. Não é. Não é nada disso, eu repetia – aí você me achou dentro do guarda-roupa. Porque ela está por aí.

Eu disse, lembra? Aquele dia, jantar abúlico. Que o sorriso dela era carne aberta. Ela se empertigou, concordou, fingiu lisonja – mordeu a isca. Arrogante. Eu a reverenciaria, não fosse aquele altruísmo hagiográfico. Era uma coisa nojenta. Você sabe: só os petulantes logram êxito, mas ela. Mazela. Ela fingia inclusive a ingenuidade. Confesso que era demais para mim. Mas ela, oh, que era tão generosa, não aguentava a contradição? Não, não aguentava o contraste. Não sabia ouvir, não sabia padecer. Mas ela, tão receptiva, não é? Não falo de coerência, evidentemente. Falo de afeto. Eu engrossaria o séquito de admiradores até hoje se não fosse tão arrogante quanto ela – talvez seja até mais. Nossos *approaches* eram distintos, óbvio. Eu me considerava muito mais metódica. Ela sabia: minha presença assídua a desmascararia. Por isso ela me amolava tanto. Até você ficou do lado dela. Asquerosa. Talvez a genialidade dela estivesse nisso. Decerto. Devo admitir: ela era boa. Ninguém nunca desconfiara? Ela se promovia à custa dos desgraçados. Ademais, era um cuco no nosso ninho. Engraçado: é eu me referir a ela no pretérito.

Foi um erro tê-la convidado para passar aquela temporada comigo, isso aqui é tão apertadinho. Você sabe. Modorra inigualável. O verão dos suicidas. Eu não queria ir à luta, como dizem.

Ninguém queria, lembra? Éramos tão melindrosos. O menor dos estorvos acarretava dores no peito, falta de ar. Então houve o advento: ela, tão sôfrega, tão carismática, tão assustadoramente bela. Nós éramos tão pueris! Quero assumir isso agora porque refreei demasiado o meu desgosto. E também porque quero provar do regozijo das vítimas presumidas. Do que eu estou falando? Logo que cheguei a essa cidade maldita, a euforia – insidiosa sempre – ajudava a aplacar o torvelinho. Mixórdia desenxabida. Uma luz irreal. Depois a vicissitude tornada rotina patenteou a paranoia. Eu disse a ela: humilhação e timidez. Eu sei, você sabe, todo mundo sabe que algo, antes difuso, indistinto, nasce no momento em que é enunciado. De modo que "humilhação" e "timidez" não passavam de arbitrariedades (alçadas à condição de mantra). O alento que vem do encadeamento (em verdade, da sensação, só pode haver a sensação de concatenação) de uma ideia em uma frasezinha é tão ridiculamente humano.

Arrastávamo-nos pelos corredores gosmentos da apatia. Exceto ela, que se acastelava em uma espécie de fome. Lavoura incansável, um poço de angústia e medo cujo negativo era um simulacro de erudição mantido a duras penas. Disfarçava insônia com meia dúzia de ditos agudos. Escondia uma ruga de desassossego com um comentário astuto, não raro caviloso, em um tom sentencioso, acerca do céu, por exemplo. Tenho a impressão de que ela se desintegraria caso parasse, caso dormisse mais de quatro horas por noite. Queria patentear o quê? A quem? A vida de todos nós sempre foi uma mentira. O que a diferenciava de nós, entretanto, era o fato de ela não aceitar o despropósito. Talvez a ausência dela me tenha feito ver as coisas com mais clareza. Eu a odiava. Nunca admitiria antes porque não condizia com o nosso *way of life*. Ódio é um negócio tão pujante. Agora não sei de mais nada, foda-se. Eu fazia parecer desdém. E nunca teve nada a ver com aquele papo de usurpação. Nem quando ela entornou água quente nas minhas coxas, por eu tê-la rejeitado, nem então eu entremostrei qualquer oposição, acordei assustada, claro, ela se ria muito, eu sentia uma dor funda, mas nem sequer balbuciava. Precisei mostrar as queimaduras quando contei a você, e você disse, ainda incrédulo, que a teria expulsado se fosse eu. Menoscabo: era esse o nome que eu dava. Agora, entretanto, digo: ódio. E é uma casca apenas, uma tergiversação, quase um arrependimento. Uma carapaça que se preenche de ausência, mas uma ausência que é como um peixe. E essa luz irreal.

Acho que é isso: tenho a coragem de me descobrir assim só porque ela sumiu. E esse rodeio todo – o nome dessa coisa que me convulsiona até o mais imo do corpo, que atravessa a goela e dói, o nome dessa coisa que me faz suprimir o choro, é preciso nomeá-la, isso é pavor. Por muito chamei pasmo. E, com efeito, não falei com ninguém antes porque me impedia o espanto. Talvez eu precise mesmo dizer quais eram minhas intenções, antes apenas insinuadas, talvez eu precise me justificar, mesmo que eu não tenha feito nada. Eu digo isso agora e já não posso mais conter o pranto, porque ela nos mostrava quão estúpidos, quão insípidos éramos; será que ela não aceitava o despropósito? Já vislumbráramos o abismo, evidentemente, mas ela nos pôs ante ele, bem à beira. Ela perguntaria "que porra de papo é esse?" fingindo não estar nem aí – mas eu sempre pude ver o desespero ferver no leite torpe dos olhos dela. Ela nos puxou o tapete. Devassou tudo, uma vez que tenha mostrado que o langor e a atividade mais frenética desembocavam no mesmo esgoto.

Porque me sinto, de algum modo, culpada – é por isso que lhe falo. Não confiara nada a você antes porque tenho um troço toda vez que penso que ninguém acreditaria em mim, porque nem eu acreditava.

Faz um ano que ela sumiu? Você distinguiu o entusiasmo tímido que deformava meus sobrolhos. Um ano? Ninguém disse absolutamente nada, mas, eu sei, todos desconfiaram. E se eu dissesse que a amava? Tanto faz. Trata-se, e não há escapatória, de ficcionar.

Você já sentiu aquela coisa, como se alguém lhe observasse? Dentro do guarda-roupa, sufocando, aí eu não a via. Era o único jeito. Não entende? Pois é. Ela se foi. Sem mais, nem menos. Tacou água quente nas minhas pernas e foi embora. A chave que eu dei a você era dela. Além disso, ela deixou umas tralhas, a maioria das roupas. Acontece que uns dias depois de ela ter ido, eu cheguei e a porta estava aberta; hesitei um tanto, mas entrei; chamei "ei", chamei pelo nome dela e nada. Chamar a polícia, chamar um vizinho – tive medo, mas vaguei vagarosa. Ninguém. Ninguém na sala, nem na cozinha. Pensei: devo ter deixado aberta ao sair de manhã. Mas eu sempre tranco, você sabe. Tirei os sapatos, tirei a calça. No banheiro, apoiei os cotovelos nos joelhos e afundei a cara nas mãos; o chiado do xixi ressoava dentro. Sabe aquela sensação de alguém espreitando? Alguém esperando na penumbra, um sussurrozinho na fímbria da luz, sabe?

Eu me olho no espelho às vezes e não sei. Pergunto quem é. É normal? Uma língua se estende: lusco-fusco pesadão e úmido – eu preciso falar, voz de vidro e brasa, para não ouvi-la. Aí me deito na minha cama de Procusto, falo e falo, sozinha nunca, mas para mim mesma. Como se eu deixasse de existir ao emudecer. Não durmo. Fico pensando, toda a desgraça, toda a merda vem à tona. Tenho tanto medo, sabe? E me arrependo tanto. Uma faca é uma frase aberta na escuridão. Casca de cebola no chão, montes de louça suja na pia, fedendo, gritando – e no centro de tudo, uma coisa tipo tédio, só que mais fria (e carnosa, pegajosa, nojenta). Será que uma pessoa pode estragar a vida da outra? Melhor: será que a gente pode dizer uma coisa dessas? Eu queria desconhecê-la. Nunca ver o corpo radiante dela escorrendo na chuva. Aquela primeira vez. Eu e ela. Arrancar os olhos, não é? Pode ser. Tenho saudades de mim.

E os boatos de que eu a tinha assassinado? Acredita?

Medo e medo de abrir os olhos, sempre tive, todo mundo já teve, sabe? Sabe quando se entra na água, enxaguando a cara, o corpo, e tudo some, depois tudo reaparece receio, quase pânico, os olhos se abrindo espumantes? Eu preciso falar – eu preciso entender.

Pois é. Ela se foi. Mas quando olhei para o lado, meia-luz do corredor, defronte à porta do banheiro, os olhos injetados dela lampejaram.

Eu sei, eu sei. Também pensei que fosse delírio paranoico, qualquer lance assim. Dei um pulo, levantei, saí pingando – e cadê? Isso prova que eu não fiz nada. Nada. Eu vou me fechar. Diga-me o meu nome. Abrace-me. Desculpe. Eu não sei. Foda-se esse negócio de arrogância, de apatia, de pusilanimidade. As horas mais agradáveis do meu dia são as que eu passo no trabalho. Todo mundo vai morrer, cara. Eu quero sair. Eu quero me deitar e não me levantar mais.

Um dia cheguei, abri a porta, depositei a bolsa no sofá – e o tropel na cozinha. Corri para ver. Ninguém. Depois fui dormir – ouvia os passos dela, talvez a TV, a respiração arrastada dela. Queria me levantar e morria de medo. Medo, cara. Um enxurro negro gelatinoso que me invadia por todos os orifícios. Muito medo.

Como eu queria dormir em paz em um leito de hospital.

Todo dia. Eu chego, abro a porta, sento, acendo um cigarro – e o sorriso desgraçado dela surge a um canto. Ela deve estar por aí agora, na sacada, na varanda. O cheiro dela, de sabonete de enxofre e manjericão alto, de roupa limpa e gordura velha.

Você duvida? E esses cortes, que lhe parecem? Você acha que eu seria capaz disso?

Eu juro, eu ficava pensando: só falta ela me atacar. Matar? Seria sorte. Por que eu não saí daqui ainda? Eu precisava contar. A história é sua agora. Minha vida? Ela, lâmina, lama, língua: texto.

OS MARIACHIS

I.

Descrição de como sangram as máscaras: em que uma crônica, em forma de missiva, deverá ser delineada confusamente, todavia correspondendo exatamente aos fatos

Meu amado irmão,

As datas são sempre imprecisas.

É preciso, contudo, que regressemos àquela noite no boteco; você requisitara instantemente a minha presença; eu nem sequer sabia que você estava na cidade. Você perceberá que, ao mesmo tempo em que essa epístola se afigura crucial, afigura-se também prescindível – por isso lhe peço desculpas, e pelo desalinho de estilo.

Você me disse: os mariachis estão chegando. Eu via o dinossauro de cimento e a calcinha de carne. Só conseguia pensar no quanto a cidade mudara. Nossa infância passava magnética, quase dor contra o vidro. Você hesitou, disse-me: deixei Judith no bar e vim, ela me esbofeteou, agora tenho medo. Com efeito, um fantasma estrangulava sua voz. Eu quis interromper, perguntar se você se lembrava de quando roubamos aquele caminhão. Você me chamava nostálgico. O que não lhe impedia de louvar minha memória. Mas você era tão negligente com o seu passado. Eu precisava lembrar. Eu precisava contar sua história. Nossas lembranças eram o que nos restava afinal – isso foi você quem disse. Disse-me também, certa vez, que ninguém viveu no passado e nem viverá no futuro, e que o presente é a forma de toda vida. Você se lembra de quando quebrávamos vitrais? Sim, você me disse, mas e a Judith? Não sei, eu respondi, por que vocês não se divorciam? Eu deveria ter dito: foda-se. A fabulação, no entanto, era o que tornava os lugares menos ínvios. Quando recebi sua ligação, dei-me conta de que já não nos víamos há dois anos. Não é assim tão simples, você retrucou coçando a nuca. Você sempre coçava a nuca quando havia dúvida. Eu sei, você tem razão: comigo e com Penélope não é diferente. (Temos uma mania tão reprochável de falar de si ante os problemas dos outros.) Você bebeu e eu bebi. Talvez nevasse (fina neve venenosa). A cidade estava tão mudada. E eu disse (não pude evitar): muito desse embaraço consiste em costume; cedo ou tarde você tem essa espécie de iluminação e consegue se resignar; comigo foi assim: Penélope me xingava e me cuspia, eu me levantei da cama e me despi, ela se calou e eu a beijei. Você se riu e eu disse enfim: foda-se. Há quanto vocês estão juntos? Você titubeou (se Judith estivesse conosco ela lhe censuraria pela demora): desde o começo do mundo. As coisas não iam bem – esse tipo de clichê sobrava nas nossas línguas. O dinossauro de cimento sorria para mim. Que se foda a Judith. Que ideia a nossa de vir justamente a esse lugar. Avenida Independência. Eu, se pudesse, a renomearia, muito prudentemente: o antônimo. Avenida do Antônimo? O garçom decapitado circulava feito autômato. Sua pergunta explodiu inopinada quando acenei a ele: e se a Valentina voltasse? Não menos inopinada – posto que vinda de você – foi a menção ao Breton.

A Judith leu minhas correspondências, você resmungou. Ela sempre lê, eu repliquei. Se a Valentina fosse exumada, eu, no seu lugar, contaria à Judith. Você se distraiu com as bolhas na cerveja e eu compreendi: não houve tempo para tanto. A Judith é tão drástica, tão ciumenta. Você consegue ver a calcinha daí? O fantasma de papel empanava sua cara de tigre triste. Apenas presenciara seu pranto quando Valentina se foi. Você arrancaria o dedo todo e não só a aliança. Sabia que eu ainda tenho aquela aliança? Eu deixei a Judith lá com aquele filho da puta, não deveria ter jogado a cerveja nela, não deveria tê-la pego pelo braço, deveria ter retornado ao hotel; os mariachis já vêm. Eu acendi um e você me pediu. Em meio a fumaça, seus dentes guilhotinavam a noite: a Valentina me escreveu, memórias saudosas, vocês nostálgicos deveriam todos arder, não foi o Marx que disse que a História é um pesadelo? Eu corrigi: Joyce, Dedalus. Você prosseguiu: a Judith leu meu correio antes de mim; quando cheguei, ela chorava frondosamente no sofá, disse que não entendia e me estapeou; você sabe que ela não supera aquilo. Aquela transa com a Svetlana? Sim, você replicou ríspido, ela nunca vai superar, você mesmo quem disse (pisquei-lhe um olho), e o pior é que também a Svetlana me escreveu; você se lembra? Sim, evidentemente, eu respondi arrogante. Nós estávamos na casa da sua mãe; Svetlana apareceu sem avisar; eu já estava de saída; Svetlana investiu subitamente sobre você, cabelo quente, mãos inomináveis; você se esquivou, Svetlana se riu, não se ressentiu. Você contou à Valentina; vocês estavam juntos há bem pouco, ela apreciou o voto de confiança. Então Valentina se foi. Você conheceu a Judith, vocês saíram umas vezes, tudo ia bem, você entreouviu uma conversa entre ela e aquela amiga ruiva dela, soube que ela se apaixonara perdidamente por você – e o bilhete de Valentina veio, dizia apenas: que era preciso, que ela ainda amava você, ainda que você fosse a pior pessoa que ela conhecera. Você se enfureceu e procurou Svetlana: malograda vingança, já que Valentina nunca soubera dessa transa, e é provável que, se soubesse, não se incomodaria. Judith, no entanto, jamais lhe perdoou, jamais lhe perdoará. Quanta estupidez a sua! Já faz quanto tempo? Nove anos? Oito, você corrigiu. Você e Judith jamais deveriam ter se casado. Agora, todavia, forma-se uma quadrilha e não mais um triângulo. Você concordou: uma vez como farsa, outra como tragédia. O contrário, eu adverti.

De todo modo, era espantoso: Valentina ressurge, como nada acontecera – ela agora é proctologista, sabia? Ainda teve a desfaçatez de se oferecer, caso eu precisasse etc. –, você pode ver a calcinha daí? Lembro-me do mínimo vestido encarnado de Svetlana:

ela não se incomodava, não cruzava as pernas nunca; Valentina ressurge, proctologista ainda por cima, há algo de voluntário nisso, alguma combinação, você repetia, a realidade não pode se afigurar inverossímil assim, não pode, você repetia, Valentina ressurge, e com ela Svetlana, a Judith leu também a mensagem da Svetlana? Não, ainda bem, ainda bem, eu concordei, espantoso, com efeito, já é a nona ampola? A décima, você emendou, assim nos passam a perna, por que não a Sally? Eu gostava tanto da Sally, você se enciumava, somos bons amigos até hoje. Valentina e Svetlana! Agora posso ver os mariachis, eu cochichei, assoviei qualquer *ranchera*, as duas, no mesmo dia? Não, você respondeu, Valentina na segunda, Svetlana na quarta; lembro-me, eu disse, da primeira vez eu lhe aconselhei da mesma forma: que contasse à Valentina; hoje, você se apressou, hoje eu não contaria; por que não? Você conhece a Judith; sim, tem razão; (uma lâmina de sal escrevia nos nossos rostos nus;) além do mais, você completou, naquela época, não havia uma ex-namorada. E você dava tanta importância às ex-namoradas, dizia-me que eu nunca entenderia, posto que tivera uma mulher só, nossa única contribuição são os espermatozoides, eu escarneci, é compreensível que precisemos nos autoafirmar por meio da violência, injustificável, todavia compreensível, os machos competem entre si, as fêmeas os escolhem, desse modo logra-se prole mais saudável, entretanto o sexo é um mecanismo demasiadamente dispendioso, veja os peixes-serra nos Estados Unidos, as fêmeas estão se reproduzindo sem a participação do macho; sua gargalhada metálica etílica bateu as cadeiras desocupadas, o garçom telepata provia-nos; uma ideia antiquadamente poética apresentava a cabeça: o desenvolvimento desse instante tem de ser uma repetição, tudo já esteve aí inúmeras vezes, não há nenhuma possibilidade nova, um número determinado de forças é incapaz de um número infinito de variações, Marco Aurélio assevera que qualquer lapso contém toda a história; mas a segunda lei da termodinâmica, você interrompeu, declara a irreversibilidade de alguns processos energéticos, o calor proveniente da luz, por exemplo, não voltará a ser luz; eu engoli um gole silente e perguntei: e a Judith?

Você se dá a si importância demais. Precisa de mim para se gabar das inúmeras mulheres que fodeu, precisa de mim, verdade seja dita, para que eu seja seu irmão mais novo; eu nunca disse a você o quão ridículos eram os seus ensinamentos – nunca eu os solicitara, todavia os ouvia em respeitoso silêncio –; você, tão frágil, precisava de mim para se sentir mais forte; você, tão burguês a despeito de tudo, erguia-se espalhafatoso ante a minha cândida miséria; você, que se borra de medo da morte, que toma a vida por dádiva, precisa de mim para se ocupar das bagatelas; e eu talvez goste tanto de você porque você me inspira pena. Somos amigos – sim, indubitavelmente o somos – há quanto? Desde o ensino fundamental. Você escolhera a exiguidade – como houvesse modo de escolher outra coisa, como houvesse modo de escolher alguma coisa –, a repartição pública – e veja, que ironia: porque eu o aconselhei –; certa vez eu lhe disse: ofereça seu nome aos vermes em troca de um segundo a mais dessa sua vida farsesca, você riu com gosto e me chamou ressentido. Borra-botas de uma figa, megalômano frustrado! Você tem medo de mim; para que eu lhe seja útil você precisa me espezinhar. Seu nome, de que você tanto se gaba, subsistirá? Afinal nós nos prestamos serviços mútuos – ante você eu me sinto menos ridículo entre os ridículos, há nisso efeito ansiolítico –, precisamente por isso somos amigos há tanto. E agora você vem me falar de Judith. Que se foda a Judith. Que se foda ela e a mania dela de querer ser francesa. Quando eu disse a você que pretendia me suicidar, você passou uma semana insone. Eu fiz troça: se tudo é repetição não há com o que se preocupar, cedo ou tarde nós nos reencontraremos. Você é um baita de um cagão, por isso, talvez, seu pau lhe seja tão caro. Naturalmente. Você tem certeza de que é imortal, nunca levou porrada, é campeão em tudo. Lembra-se de quando me confessou que tinha medo de nunca ser rico? Todavia basta que haja uma mulher ante você para que você se mostre o mero menino desamparado que é – todos os homens somos. E você se acha um semideus, seu pedacinho imundo de placenta! Você se lembra de quando estapeou a Sally? Você não passa de um babuíno. Admito que tenho inveja de você: quem me dera ser tão irascível, tão temerário. Não que eu não seja tão ridículo quanto você. Eu: sujo, parasita, vil. Você se lembra de quando roubamos aquele caminhão? Por você eu o fiz, por você desisti de levar a efeito aquela molecagem. Eu morreria por você.

II.

Da consubstanciação das vozes: em que a forma epistolar se revela engo-
dativa e as mulheres, intercambiáveis; em que se dá o declínio do texto

Eu mataria você.

Dito essas linhas à Penélope. Tento – e fracasso – fabricá--las como você o fizesse. No entanto, justamente por isso, logro alguma lhaneza, alguma vulgaridade, alguma estupidez. O modo é telegráfico em razão das circunstâncias. Soube que você tentou se matar. Você que tinha tanto medo da morte. O que será pior que a morte? Soube que se quebrou inteiro. Você deve saber que me quebraram os dois braços. Quando os mariachis chegaram, você desfaleceu. Eu intervi. Acertaram-me com os tacos de beisebol e levaram você. É provável que Judith tenha se arrependido e feito algo para impedir que lhe trucidassem. Judith é assim, tão irrefletida quanto você. Maldita ideia a sua. Se não tivéssemos roubado aquele caminhão, há oito anos, você não teria conhecido Judith. Você não se lembrará: naquela fatídica noite, o caminhão estava estacionado defronte a um salão de beleza, cujo nome não era senão: Judith Hair Design. Surpreende-me que você tenha lido Breton, seu burocrata de merda. Sim, você sempre foi um burocrata, era algo tão intrínseco a você, mesmo tendo sido demitido por crime contra a administração pública. Ao fim e ao cabo, conhecer Judith ensejou o seu enriquecimento. Como terá sido possível, alguém que dá tanta importância a um nome, ter entrado para a máfia? Penélope pede-me detalhes. Sendo ela a datilógrafa, não creio ser despiciendo o aditamento do raconto a esta missiva. Assim sendo, não se exaspere se me detenho em explicações. Penélope se aborrece com a confusa sucessão de mulheres; rio e digo a ela que o tempo é uma vaidade; digo, sem pejo, que todas as suas ex-namoradas não são senão uma mulher e que basta entender o seguinte: não escrevo esta carta por causa delas.

Acontece que o caminhão que roubamos – dois moleques ébrios extraviados na noite – pertencia ao pai de Judith. Sabe-se lá como, os capangas dele chegaram até nós. Você se lembra desse dia? Nós dois ajoelhados ante o temível Vicente Fernández, você emporcalhou suas calças de terror. Não posso dizer que também não sentira medo. Fomos poupados graças a Judith, que se apaixonou por você instantaneamente, ainda que você estivesse todo cagado. Você me contou depois que, naquela mesma tarde, vocês treparam loucamente, no escritório do pai dela. Como você pôde, mesmo temendo tanto a morte, procurar Svetlana? E se Judith fizesse então o que fez dessa vez?

Don Vicente, ou suegrito, como você se referia a ele, acabou por gostar muito de você. Sua demissão a bem do serviço público ensejou sua admissão à máfia. Agora o famigerado destino aparentemente se dobra sobre si e se mostra implacável. Repetição não há, como você já deve ter percebido. Há, contudo, variação sobre o mesmo tema. Talvez se eu lhe escrevesse um poema – terá você conseguido inferir isto? Pois lhe digo: com a poesia dobra-se o tempo. Você se lembra daquele mendigo, aquele que dormia no coreto da Praça Sete de Setembro, o que andava com uma forca carcomida em derredor do pescoço? Lembra-se de quando ele nos disse: que você era o poeta e eu o técnico? O que me diz?

Judith foi me visitar no hospital; contou-me que mostrou a mensagem de Valentina a Don Vicente, pediu-me perdão, disse-me que a conta do hospital seria paga por ele e que você não era digno de um amigo como eu. Você já soube da morte de

Valentina? Os vizinhos se incomodaram com o fedor. A polícia arrombou a porta e deparou o cadáver hediondamente estripado. Talvez seja coincidência, mas estripação é a maneira predileta de matar dos mariachis. Judith lerá esta missiva? Saberá ela que você anda roubando mercadoria de Don Vicente? Que você já tem sua própria clientela e que lhes vende a cocaína afanada por um preço menor?

Você. Você precisa de mim para existir. Só através de mim seu passado poderia se tornar futuro ou presente, isto é, seu nome somente se tornará mito pelo meu engenho – e veja: não lhe escrevo um poema, mas uma carta.

Afetuosamente,
(As assinaturas são sempre imprecisas)

P.S.: Hoje, quando despertei, o cadáver estripado de Svetlana jazia nu ao meu lado. Sobre o toucador, um *sombrero* e o sobrescrito – remetente e destinatário coincidiam: meu endereço – que continha esta missiva, que ora emendo com dificuldade.

O ÊXTASE DE VALDEMAR

Em uma noite de março me peguei sob aquela sacada súbita desabitada, pejada da poeira viscosa de um advérbio; espaço mortalmente humano, tão avesso a ausências.

Decidira, daquela feita, que voltaria a pé; a aragem álgida embotava vontades, mas um anseio obscuro me alentava. O centro da cidade era uma espécie de miocárdio, um noturno de Chopin, com seus fachos pardos rebrilhando, empanados pela terrível cerração.

A sorveteria obstinava-se, pálpebra rasgada contra a boca babenta da catedral. Adentrei o espaço impossível – primeiro e último cliente daquela jornada gélida –; os empregados se alvoroçaram, ordenei a casquinha; a palavra pistache ressoou como um abracadabra.

Desci pela rua do correio. O rio lá embaixo rugia imperceptível. O sorvete paradoxal ardia fundo como uma metáfora; meus passos costuravam uma espécie de artéria misteriosa. Sem que me desse conta, estava ante a porta de Valdemar – um nome é apenas um nome (e, de todo modo, nenhum relato é eximido da invenção; ademais, diligencio, antes de tudo, reviver o pasmo, o mesmo que me acometera durante aqueles dias, entretanto sem dissecá-lo – e infundi-lo).

Acontece que a minha deambulação pós-expediente se deu em um exato 15 de março. Não sou afeito a misticismos; de todo modo acatei o ensejo: por isso escrevo agora. Perguntei-me: quanto tempo? E, lembro-me, cocei a nuca exasperada. Três anos. Três anos desde a "morte" de Valdemar – as aspas indicam, evidentemente, ambiguidade.

A verossimilhança é, com efeito, mais importante que a verdade. Ainda assim, a verdade me seduz, creio que, como já adiantei, por implicar a pessoalidade, a imprecisão, a ridicularia; em suma, a linguagem, a mentira.

Fui o único amigo de Valdemar.

Valdemar. Recordo seu primeiro dia na repartição. Estudáramos juntos. A princípio não o pude reconhecer, mas bastou, para tanto, que o seu olhar injetado de cão famélico cruzasse a atmosfera cinzenta estéril, enquanto andava conduzido pelo chefe, que lhe falava da rotina e de suas atribuições, e se chocasse com o meu. O menino esquálido e esfarrapado envergava agora uma impecável camisa branca de linho; os cabelos, outrora longos e esguedelhados, agora mantidos, a duras penas, parecia-me, sob uma espessa camada de visco. Nós nos odiávamos. Há quanto não nos víamos? Havia algo novo: agora ele mancava. Valdemar. Pelo que sei, jamais amou. Não dizia bom dia, não retribuía acenos, só falava quando lhe interpelavam, a voz sibilante, sussurrada, quase inaudível. Levava a pecha de antipático, no entanto seu criterioso comedimento e sua fria eficácia lhe renderam alguma glória no departamento. O fato é que Valdemar não se importava. Não se tratava, não mais, de timidez ou de circunspecção; Valdemar era o apático por excelência. Ainda assim, qualquer coisa inopinadamente ululava nele, buscava a luz. Ele insistia, mesmo que sub-repticiamente – Valdemar tinha um emprego, pagava pontualmente o aluguel, comprava comida congelada. Valdemar, a despeito do isolamento inexorável, queria, é certo, ser parte de algo.

Certo dia ele veio até a minha mesa. Não olhou para os lados, não titubeou; apenas me disse: "estou doente; por favor, venha à minha casa", e me passou um papelzinho amassado com a direção. Olhei e reolhei aquelas garatujas inusitadas sob os meus dedos, um nome de rua, um número – um alfabeto obscuro martelando a tarde. Quando me dei conta, Valdemar já não estava; saiu mais cedo, alegara um mal-estar.

Já a gema tenra do sol rebentara, azinhavrando o céu de papelão, quando dobrei à esquerda na rua do correio. Lembro-me, pensava no que Valdemar dissera, a voz vinda da caverna pulmonar, difícil, débil, quase flébil, "estou doente", voz imperceptível de manequim tísico, os braços de cimento, as pestanas de aranha muito contrafeitas, as costas de lençol vazio. Valdemar.

Parei ante a porta fria; conferi o endereço: era ali; uma espécie de sopro magnético me traspassou a carne, crispou-me a lagoa da pele. Golpeei o interfone. Veio, à maneira de resposta, do outro lado, um chiado, uma respiração hidráulica; hesitei um tanto e disse o meu nome; o gemido de vidro transformou-se, a custo, em uma palavra: "suba". O estalo da trava automática me sobressaltou; cruzei a soleira e enfiei-me pela escada penumbrosa rapidamente. Um cheiro doce miasmático enchia o lugar. Número nove – a porta se encontrava entreaberta.

Anunciei minha presença, nó do dedo contra a madeira duas vezes. Valdemar esperava-me escarrapachado no carcomido sofá de dois lugares, a um canto da sala quase vazia. Fechei a porta atrás de mim. A mão que jazia pálida por sobre o colo, meio escondida sob a manga do paletó, indicou-me, com gesto sutil e lânguido, o assento ao seu lado; a outra, escorpião albino, tamborilava no encosto do móvel. Anuí ao convite, não sem antes recusá-lo – havia, entretanto, algo de instante na voz de Valdemar, algo entre a ameaça e a súplica, que me fez sentar.

A voz de Valdemar! Como eu anseio por esquecê-la! E como trazê-la à memória me faz sentir todo o peso da vida!

Havia, com efeito, algo de muito estranho. Disse-me: "pensei que não viesse", e então tive certeza de que estava muito doente – que voz infernal! Não era a voz ciciada de sempre; alcançava o lado de fora por meio de um ventriloquismo perverso, parecia advir de uma harmônica de vidro, independente de qualquer articulação ou vontade. "Obrigado", ele me disse pigarreando, tentando dar corpo àquele estertor de bicho. "Vou direto ao ponto, mesmo porque sou absolutamente imperito no que diz respeito a rodeios:

eu sou um caso perdido: um covarde e um suicida – compreende o impasse? Chamei você aqui porque desejo que você me mate"; olhei-o com um esgar de quem não entende piada, um riso cínico me cortou a cara. "Falo sério", ele continuou, "evidentemente você será recompensado; não conheço mais ninguém que aceitaria o convite para vir até minha casa; alguma vaidade ainda me impede de participar um desconhecido; e, além do mais, você me odiava", disse ele, insinuando que a ojeriza escolar seria motivo suficiente. Meu contra-argumento ressoou sem nexo: "mas não nos vemos há tanto, éramos só meninos"; eu, sinceramente, ainda achava que se tratava de troça; Valdemar, no entanto, insistiu resoluto: "não se preocupe: eu já pensei em tudo, ninguém jamais desconfiará de você; e eu ofereço uma quantia considerável"; posto que eu fizesse menção de me levantar, Valdemar me pegou do braço e, investindo a voz, que mais parecia um miado, do máximo de firmeza que conseguia, disse-me: "veja: você me fará um favor; sei que poderia tentar convencer você de outras maneiras, mas o caso é que estou desesperado, assim sendo, digo: meus dias estão contados; de todo modo, eu não gostaria de experimentar um fim tão hediondo", em seguida largou o meu braço e me mostrou a mão. Asquerosa memória! A mão! Só então reparei nela: uma repulsiva mãozinha de boneca, porém com os dedinhos demasiadamente articulados e alongados; depois ele despiu o pé esquerdo: desfez uma série de embrulhos estofados com panos e atados com fita, de modo a revelar o pezinho de bebê. "Veja", ele chacoalhou a mão, meio melancólico, meio maníaco, "eu estou diminuindo, dia a dia".

Um nome tornado carne.

Sob aquela sacada eu me lembrava: *beware the ides of march*. Não escoramos o mundo com as delgadas colunas das palavras? Um nome não pode ser, então, um presságio?

O prestígio de Valdemar perante o chefe pareceu permanentemente danado quando ele, em uma manhã enfadonha e amarela, não deu as caras. O pessoal da seção alcovitou; a comoção foi geral – ele sequer avisara –, sobretudo quando o relógio deu dez horas. Quando saímos para almoçar, entrementes, o mexerico já dava lugar a alguma preocupação; inquietavam-se: "o Valdemar? Como pôde? Não é possível. Deve ter adoecido. Ou se acidentado. Ou morrido". Valdemar, claro, não tinha telefone. Eu, assim, após o expediente, fui até a casa dele.

O mutismo persistente do interfone me fez fantasiar: o sangue empapando o sofá, os miolos maculando a parede – Valdemar logrou morrer. Tentei última vez: nada; dei meia-volta depressa, deveria avisar sobre o seu desaparecimento (talvez eu devesse escolher outra palavra, uma que não assumisse um tom obscuro, mas vá lá); dois ou três saltos adiante, estaquei: um ruído branco – a voz vítrea de Valdemar. Acorri: "suba", disse a voz sepulcral.

Nó do dedo na madeira podre, duas vezes: nada. Mão na maçaneta, porta aberta. Esperava encontrar Valdemar no sofá – só o vestígio vincado na almofada. Chamei – não houve ouvir. Desbravei penumbra: Valdemar jazia, a um canto do quarto, mole sobre uma cadeira bamba, a mãozinha afundada no zigoma, sustentando precariamente a cabeça. Parei no umbral; Valdemar, transido, olhou através da minha presença. Demorou-se um tanto e levantou-se afinal: veio a mim, não disse palavra, a cabeleira indomada, e levantou a camisa: o horror! No lugar usual do umbigo, um furo de um a outro lado.

Passei a frequentar a casa de Valdemar assiduamente. Quase não falávamos. Tomávamos duas ou três cervejas – cada gole que ele tomava correspondia ao alargamento da área úmida em derredor si, concentricidade que se desdobrava a partir do furo. Um ou outro comentário sobre o tempo. Não sei se se tratava de comiseração, mas ao lado de Valdemar lograva remanso profundo – e sombrio. Sua presença diáfana era mais que um *memento mori*.

Em uma tarde de domingo, nós dois esparramados no sofá carunchoso, Valdemar me disse: "eu sou um otimista inveterado, a despeito de tudo. Não acredito que o universo seja nem perfeito, nem belo, nem nobre. Dei-me conta dessa sombra móvel, desse pobre ator que logo sai de cena. Sou otimista acerca disso. A morte não poupa ninguém, certo? Um brinde à farsa que é isso tudo", exclamou Valdemar, copo em riste, o indicador da outra mão repetindo movimentos circulares e então puxou a boina (pouco antes de se "demitir" – as aspas indicam, evidentemente, ambiguidade –, ele começou a usar uma boina; ridícula, inexplicavelmente larga): o cocuruto era uma escassez, crânio anguloso, estapafúrdio – "o convívio, a rotina? O que nos resta senão a lasanha congelada? É a exacerbação do absurdo. Estou exausto", completou ele, como se buscando a minha adesão, e riu-se, maldito riso inaudito, como houvesse, no lugar dos pulmões, um origami rudimentar.

Fui o único amigo de Valdemar.

Houve, pois, o dia em que Valdemar não deu as caras – nunca mais. O pessoal se desconcertou; "o Valdemar? Não é possível. Outra vez? Deve ter adoecido. Ou se acidentado. Ou morrido". E no dia seguinte: "trata-se de um despautério!", e no outro: "deve ter sido atropelado", "por um ônibus", "por um caminhão". Eu, evidentemente, após o expediente ia até a casa dele, insistia. Uma, duas semanas depois, o mutismo persistente do interfone me convenceu: o nada.

Lembro-me, agora, de um curioso comentário de Valdemar. Certa vez, enquanto perambulava pela madrugada adentro, ele se deparou com um funcionário solitário do departamento de água e esgotos; o diabo, uniformizado, isolara o perímetro em derredor do bueiro: operava um enérgico desentupimento. Pela madrugada adentro. Valdemar, como visse um extraterrestre, pensou consigo: "por isso sumo dia a dia? Porque não sirvo?".

CARA LEITORA, CARO LEITOR

A Cachalote é um selo do grupo editorial Aboio criado em parceria com a Lavoura Editorial.

Lemos, selecionamos e editamos com muito cuidado e carinho cada um dos livros do nosso catálogo, buscando respeitar e favorecer o trabalho dos autores, de um lado, e entregar a vocês, leitores, uma experiência literária instigante.

Nada disso, portanto, faria sentido sem a confiança que os leitores depositam no nosso trabalho. E é por isso que convidamos vocês a fazerem cada vez mais parte do nosso oceano!

Todas as apoiadoras e apoiadores das pré-vendas da Cachalote:

— têm o nome impresso nos agradecimentos dos livros;
— recebem 10% de desconto para a próxima compra de qualquer título do grupo Aboio.

Conheçam nossos livros e autores pelos portais cachalote.net e aboio.com.br e siga nossos perfis nas redes sociais. Teremos prazer em dividir com vocês todos nossos projetos e novidades e, é claro, ouvir suas impressões para sempre aprendermos como melhorar!

Embarque e nade com a gente.

Cada livro é um mergulho que precisa emergir.

APOIADORAS E APOIADORES

Agradecemos às 175 pessoas que confiaram e confiam no trabalho feito pela equipe da **Cachalote**. Sem vocês, este livro não seria o mesmo. A todos os que escolheram mergulhar com a gente em busca de vozes diversas da literatura brasileira contemporânea, nosso abraço. E um convite: continuem acompanhando a **Cachalote** e conheçam nosso catálogo!

Adriane Figueira Batista
Alessandro Cesar Vergani
Alexander Hochiminh
Alexandre Sumarelli
    Faramiglio
Allan Gomes de Lorena
Amanda Santo
Ana Maiolini
Ana Maria Rocha Vieira
André Balbo
André Pimenta Mota
Andreas Chamorro
Anna Martino
Anthony Almeida
Antonio Arruda
Antonio Pokrywiecki
Aparecida Pin
    Ribeiro Pedrassi
Arman Neto
Arthur Lungov
Bárbara Augusta Rocha Vieira

Bianca Monteiro Garcia
Bruno Coelho
Bruno Rocha Maron
Caco Ishak
Caio Balaio
Caio Girão
Calebe Guerra
Camilla Loreta
Camilo Gomide
Carla Guerson
Carolina O Dias
Cássio Goné
Cecília Garcia
Cintia Brasileiro
Claudine Delgado
Cleber da Silva Luz
Cristhiano Aguiar
Cristina Machado
Cyntia Ferreira de Oliveira
Daniel A. Dourado
Daniel Dago

Daniel Giotti
Daniel Guinezi
Daniel Leite
Daniel Longhi
Daniela Rosolen
Danilo Brandao
Danilo Foltran
Denise Lucena Cavalcante
Dheyne de Souza
Diogo Mizael
Dora Lutz
Eduardo Rosal
Eduardo Valmobida
Enzo Vignone
Fábio Franco
Febraro de Oliveira
Filipe Augusto Pinto
      Maia Peres
Flávia Braz
Flávio Ilha
Francesca Cricelli
Frederico da C. V. de Souza
Gabo dos livros
Gabriel Cruz Lima
Gabriel Stroka Ceballos
Gabriela Machado Scafuri
Gabriela Sobral
Gabriella Martins
Gael Rodrigues
Giovana Cristina
      Bastos Oliveira
Giselle Bohn
Gledson Sousa

Guilherme Belopede
Guilherme Boldrin
Guilherme da Silva Braga
Gustavo Bechtold
Hanny Saraiva
Henrique Emanuel
Henrique Lederman Barreto
Ivana Fontes
Jadson Rocha
Jailton Moreira
Jessica Ziegler de Andrade
Jheferson Neves
João Dias
João Luís Nogueira
Jorge Verlindo
Júlia Gamarano
Júlia Vita
Juliana Costa Cunha
Juliana Slatiner
Júlio César Bernardes Santos
Jurema Feiteiro Diniz
Kerollyn Ritielly Rodrigues
Laís Araruna de Aquino
Lara Galvão
Lara Haje
Laura Redfern Navarro
Leitor Albino
Leonam Lucas Nogueira
Leonardo Pinto Silva
Leonardo Zeine
Lili Buarque
Lolita Beretta
Lorenzo Cavalcante

Lucas Ferreira
Lucas Lazzaretti
Lucas Verzola
Luciano Cavalcante Filho
Luciano Dutra
Luis Cosme Pinto
Luis Felipe Abreu
Luísa Barichello Ferrassini
Luísa Machado
Luiz Antônio De Menezes
Luiza Leite Ferreira
Luiza Lorenzetti
Mabel
Maíra Thomé Marques
Manoela Machado Scafuri
Marcela Roldão
Marcela Sanches Marcantonio
Marcelo Conde
Marcelo Fidelis Kockel
Marco Bardelli
Marcos Vinícius Almeida
Marcos Vitor Prado de Góes
Maria de Lourdes
Maria Fernanda Vasconcelos
    de Almeida
Maria Inez Porto Queiroz
Maria Luíza Chacon
Mariana Donner
Mariana Figueiredo Pereira
Marina Lourenço
Mateus Borges
Mateus Magalhães
Mateus Torres Penedo Naves

Matheus Picanço Nunes
Mauro Paz
Mikael Rizzon
Milena Martins Moura
Natalia Timerman
Natália Zuccala
Natan Schäfer
Otto Leopoldo Winck
Paula Luersen
Paula Maria
Paulo Scott
Pedro Henrique
    Marques Silva
Pedro Torreão
Pietro A. G. Portugal
Rafael Atuati
Rafael Mussolini Silvestre
Raphaela Miquelete
Ricardo Kaate Lima
Ricardo Pecego
Rita de Podestá
Rodrigo Barreto de Menezes
Samara Belchior da Silva
Sandra Valéria
    de Araújo Barbosa
Sergio Mello
Sérgio Porto
Stephanie Carolim
    Santos Almeida
Tereza De Fátima Carvalho
Thais Fernanda de Lorena
Thassio Gonçalves Ferreira
Thayná Facó

Thiago Bottaro
Tiago Moralles
Tiago Velasco
Valdir Marte
Weslley Silva Ferreira
Wibsson Ribeiro
Ynae Prado Mattenhauer
Yvonne Miller

EDIÇÃO Camilo Gomide
CAPA Luísa Machado
REVISÃO André Balbo
PROJETO GRÁFICO Leopoldo Cavalcante

PUBLISHER Leopoldo Cavalcante
EDITOR-CHEFE André Balbo
ASSISTÊNCIA EDITORIAL Gabriel Cruz Lima
DIREÇÃO DE ARTE Luísa Machado
COMERCIAL Marcela Roldão
COMUNICAÇÃO Luiza Lorenzetti e Marcela Monteiro

ABOIO EDITORA LTDA
São Paulo — SP
(11) 91580-3133
www.aboio.com.br
instagram.com/aboioeditora/
facebook.com/aboioeditora

© da edição Cachalote, 2025
© do texto Jefferson Dias, 2025

Todos os direitos reservados. Nenhuma parte desta obra pode ser reproduzida, arquivada ou transmitida de nenhuma forma ou por nenhum meio sem a permissão expressa e por escrito da Aboio.

Grafia atualizada segundo o Acordo Ortográfico da Língua Portuguesa de 1990, que entrou em vigor no Brasil em 2009.

Dados Internacionais de Catalogação na Publicação (CIP)
Bruna Heller — Bibliotecária — CRB10/2348

D541e
    Dias, Jefferson.
        Em vossa casa feita de cadáveres / Jefferson Dias. –
    São Paulo, SP: Cachalote, 2025.
    115 p., [5 p.] ; 14 × 21 cm.

    ISBN 978-65-83003-48-5

    1. Literatura brasileira. 2. Contos. 3. Ficção contemporânea. I. Título.

CDU 869.0(81)-34

Índice para catálogo sistemático:
1. Literatura em português 869.0.
2. Brasil (81).
3. Gênero literário: contos -34

Esta primeira edição foi composta
em Martina Plantijn e Adobe Caslon
Pro sobre papel Pólen Bold 70 g/m²
e impressa em maio de 2025 pelas
Gráficas Loyola (SP).

A marca FSC© é a garantia de que a
madeira utilizada na fabricação do
papel deste livro provém de florestas
que foram gerenciadas de maneira
ambientalmente correta, socialmente
justa e economicamente viável, além de
outras fontes de origem controlada.